AF391687

Les chroniques de Thomassin Von Knochen

PESTILENCE

VOLUME 1

Anais Guiraud

Crédits :

Couverture et illustration : Jennifer Daina pour Dehlya studio graphique.

Mise en page : Phare Away Éditions

Entrez dans la danse

Chapitre I
Le spectre de Colmar

Le parquet grinça sous ses pieds et l'homme redressa la tête. Son regard balaya la chambre que seul un brasero éclairait et un vertige le prit. Devant son regard brouillé apparut une femme éthérée, étendue sur un lit. Son visage pâle encadré de longs cheveux blonds lui fit l'effet d'un coup de poing dans le ventre. Une fine couche de sueur couvrait son front large. Elle dardait sur lui deux yeux qui luisaient de fièvre. Il avança la main et caressa la peau translucide.

Une secousse terrible ébranla les murs de la maison. Il retint sa respiration et contempla son épouse qui, il le savait, se mourait sans qu'il puisse y faire quoi que ce soit. Un souffle franchit les lèvres sèches et gercées de l'infortunée.

— Thomassin…

Un violent choc survint derechef, et il crut que la demeure allait s'écrouler sur elle-même.

— Thomassin !

Une voix tremblante, mais beaucoup plus proche le ramena brutalement à la réalité. Il passa sa main sur son visage pour effacer la vision évanescente de la jeune femme exsangue.

Le chasseur se retourna pour observer son acolyte recroquevillé dans la pénombre, tremblant de peur sous sa longue coule de laine brune. Le moinillon tenait contre son cœur un crucifix de bois. Un interminable chapelet s'entortillait autour de son poignet gauche. Son regard d'un bleu clair trahissait son effroi devant l'absence de son compagnon. Des scapulaires[1] pendaient à sa ceinture de chaque côté, ornés de broderies complexes sur lesquelles dansaient tous les saints du paradis. Il dissimulait aussi sous sa robe divers instruments nécessaires à l'accomplissement de leur mission : hosties consacrées, reliques, eau bénite ainsi qu'une petite bible. Thomassin posa une main sur son épaule en un geste qui se voulait rassurant.

— Tout va bien, Albrecht, ce n'était qu'un court étourdissement.

Alors qu'il prononçait ces paroles, un nouveau coup, encore plus puissant que le précédent, fit trembler les murs de l'habitation.

Thomassin réagit d'instinct et s'adressa à Albrecht :

— Cela provient d'en haut, nous ferions mieux de monter. La femme nous a indiqué que le spectre venait

---

1 Objet de dévotion composé de deux petits morceaux d'étoffe bénite reliés par des cordons.

hanter sa chambre.

Albrecht acquiesça lentement et resserra plus la croix contre sa poitrine. Alors que les deux hommes gravissaient les degrés de bois qui craquaient sous leur poids, il se mit à psalmodier un *Ave* et demanda à l'auguste mère du Seigneur d'étendre sa protection divine sur eux. Vu ce qu'ils s'apprêtaient à accomplir, un peu d'aide supplémentaire serait la bienvenue.

Devant, Thomassin acheva son ascension. Il se tourna vers le jeune moine, un doigt sur les lèvres. Un craquement lugubre retentit dans le silence, ébranlant les poutres au-dessus d'eux. Cela semblait venir d'une pièce sur la droite, dont la porte ouvrait sur d'insondables ténèbres. Thomassin se saisit d'une lampe à graisse qui crachotait dans une alcôve et avança à pas de loup.

Il resta quelques instants sur le seuil, immobile, et tendit l'oreille. D'un mouvement souple, il pénétra dans la chambrée. Cette dernière, celle des maîtres de maison à en croire l'immense lit de bois aux montants sculptés qui trônait en son milieu, renfermait un désordre indescriptible. Avisant une torchère qui pendait tristement à un mur, Thomassin tenta de l'embraser, mais dut s'y reprendre à plusieurs reprises, ce qui l'agaça grandement. Une atmosphère froide et humide emplissait la pièce, signe de la présence spectrale. Un sourire étira les lèvres de Thomassin et dévoila la longue cicatrice qui barrait le côté gauche de son visage. Ce simple mouvement dessina un rictus effrayant sur sa face dans la lumière tremblotante des flambeaux. Il examina les appartements d'un œil circonspect.

Draps, couvertures de laine et rideaux jonchaient le sol, entortillés en un amas indistinct. Un peu plus loin, une immense table massive gisait, renversée vers le plafond en coffrage de bois peint. Une cruche de terre cuite avait éclaté en mille morceaux, répandant son contenu en une tache sombre et humide.

Thomassin renifla. Les spectres dégageaient souvent un relent particulier, un remugle de moisissure, venu tout droit d'outre-tombe. Il se tourna vers l'entrée où Albrecht demeurait, tenant sa bible d'une main tremblante. Le jeune moine inspira afin de retrouver son calme et entama la litanie habituelle, d'une voix affermie. Les versets de l'Apocalypse selon Saint-Jean retentirent dans la pièce.

« … Il tenait dans sa main droite sept étoiles ; de sa bouche sortait un glaive aigu, à deux tranchants et son visage était comme le soleil lorsqu'il brille dans sa force. Quand je le vis, je tombai à ses pieds comme mort. Il posa sur moi sa main droite, en disant : ne crains point ! Je suis le Premier et le Dernier, et le Vivant ; j'ai été mort, et voici, je suis vivant aux siècles des siècles. Je tiens les clefs de la mort et de l'enfer… »[2]

Thomassin acquiesça et reporta son attention sur l'intérieur de la chambre. L'air frémissait à présent, sous l'effet de la voix du novice qui s'élevait, désormais puissante et grave. Comme à chaque fois, les mots du livre

---

2 Apocalypse selon Saint-Jean, 1,16 (version de Louis Segond)

de Dieu plongeaient Albrecht dans un état de transe. Il n'était plus le jeune néophyte suant de peur qui grimpait les escaliers avec appréhension. Le Seigneur se tenait à ses côtés et il en était transfiguré. Cela fit sourire Thomassin, toujours surpris par la transformation soudaine qui s'opérait chez son compagnon de route.

La vibration s'intensifia et il sentit une bourrasque le frôler. Un craquement sonore retentit à nouveau dans la pénombre, et l'homme eut juste le temps de s'écarter. L'une des colonnes du baldaquin s'abattit violemment à quelques centimètres de ses pieds, soulevant un nuage de poussière crayeuse. Thomassin étouffa un juron et jeta un coup d'œil à Albrecht qui continuait, imperturbable.

— Ça suffit à présent! hurla-t-il d'une voix tonitruante. Montre-toi, âme damnée, ou nous t'y forcerons!

Il accompagna ces paroles d'un ample geste et écarta les pans de son grand mantel[3] qui révéla plusieurs lames d'argent. Elles jetèrent des éclats dans la pénombre. Il se saisit d'une longue dague bénite, sur le tranchant de laquelle des psaumes de la Bible étaient finement gravés.

Il laissait à Albrecht le soin de sauver ce qui pouvait l'être. Son travail à lui consistait à faire sortir ces spectres de l'obscurité où ils se terraient, de les exposer en pleine lumière puis de les éliminer, si le pouvoir des mots ne le pouvait. Sauvegarder la paix des braves gens était son sacerdoce. Il poursuivit, d'un ton ferme.

---

3 Désigne un long manteau ressemblant à une cape, rattaché aux épaules par une agrafe ou une broche.

— Allons, nous savons que tu te caches ici, pour tourmenter les habitants de ce lieu ! Ne serais-tu pas mieux auprès des âmes du ciel ? À moins que ta jalousie maladive pour ta si jolie femme ne te dévore toujours…

Un hurlement terrible et aigu retentit dans la pièce, ébranlant les murs. Thomassin jubila. La provocation marchait souvent très bien sur ces esprits orgueilleux. Son œil exercé saisit un déplacement dans un coin de la chambre, au-dessus de la table. Enfin ! Il se montrait : on allait pouvoir en finir.

Une vaporeuse apparition se manifesta au fur et à mesure, pâle reflet de ce qu'était le marchand au cours de son existence. À le voir, un commerçant à l'embonpoint prononcé, comme l'avait décrit son épouse éplorée. Le cou encore gonflé des reliefs de son dernier repas, des taches de graisse sur son pourpoint. Même en l'absence des couleurs que la vie confère aux vivants, Thomassin le devinait rubicond.

Un souffle glacial pesa sur l'atmosphère, et la respiration de Thomassin se mua en une brume épaisse.

— Vous m'avez appelé, alors me voici ! tonna le spectre.

Sa voix résonnait, tremblante et caverneuse, comme celle de tous les autres fantômes auxquels Thomassin avait eu affaire.

— Qui es-tu ? commença le Chasseur.

— Tu te trouves en ma résidence et tu oses le demander ?

— Ce n'est pas ta demeure ici, poursuivit-il, c'est celle de Dame Lana de Lansbourg.

Le fantôme frémit et darda ses yeux morts sur l'homme qui se tenait devant lui. C'était le but, il ne devait en aucun cas interrompre Albrecht qui continuait son exorcisme derrière lui. Si ce dernier s'arrêtait avant la fin de sa lecture, tout serait à refaire.

— Dame Lana est mon épousée ! Je suis Guy de Lansbourg et ceci est ma maison !

— Non ! clama Thomassin, ton foyer se situe plus loin, là-bas, au repos des trépassés !

— Jamais !

— Tu ne veux l'accepter, mais c'est bel et bien la vérité. Si tu es Guy de Lansbourg, alors tu es mort. Il y a de cela un an et demi, durant un banquet que tu donnais en l'honneur des vingt-huit ans de ta toute nouvelle épouse. Ne t'en souviens-tu donc pas ?

Le spectre parut ébranlé à cet énoncé. Un pli fantomatique barrait son front épais.

— Je… non… Je suis Guy de Lansbourg, je ne suis pas mort !

— Hélas si, mon bon compère. Allons, tu vois bien que tu ne te ressembles plus. Cet appétit si insatiable qui te tenait, et qui provoqua ton décès, ne te tourmente plus aujourd'hui, n'est-ce pas ?

— J'ai toujours faim !

— Ce n'est qu'illusion ! lui lança Thomassin, c'est bien ton péché de gourmandise qui causa ta perte. Tu t'es étouffé en avalant un os de caille qui transperça ton gosier! Tu t'es étalé sur la table, dans une lente agonie. Souviens-toi, tu cherchais ton air, la face apoplectique, tandis que ton aimée hurlait à ton côté… Le visage inquiet des convives qui te contemplaient, impuissants… Te le rappelles-tu à présent?

Le spectre sembla accuser le coup. Son aura fluorescente s'estompa. Thomassin tenta de repérer à l'oreille où Albrecht en était de sa lecture. Ce dernier débutait l'ouverture du quatrième sceau. Il ne restait plus beaucoup de temps au chasseur s'il désirait terminer proprement le travail.

— Je vois à ton air que cela te revient enfin, continua-t-il plus doucement, dis-moi donc, Guy de Lansbourg, pourquoi réapparais-tu pour hanter ta pauvre femme? La jeune enfant en est tout effrayée, elle perd le sommeil et l'appétit.

— Je ne veux pas, sanglota le fantôme du marchand, je ne veux pas qu'elle m'oublie, qu'elle se remarie… Je réduirai cette maison en cendres si cela advient!

Joignant le geste à la parole, il écrasa de son haleine spectrale une coupe ouvragée qui avait résisté à ses précédents assauts, mais Thomassin perçut qu'il y mettait déjà moins de conviction. Les mots que prononçait Albrecht affaiblissaient petit à petit sa constitution d'esprit frappeur. Il devait en terminer.

— Elle ne compte pas se remarier, je puis te l'assurer. Tu pourrais lui laisser un autre souvenir que tout ce fatras et tes hurlements sans fin qui dérangent ton voisinage. Elle finira par partir, ta tombe ne sera plus fleurie ni ta mémoire honorée, est-ce cela que tu souhaites ?

— Non, non ! Je ne veux pas !

— Je te comprends, c'est très désagréable de mourir, mon ami. Mais c'est notre lot à tous. Sois donc raisonnable. Laisse-la en paix et repose-toi, tu l'as bien mérité, n'est-ce pas ?

— Oui, oui…

Le spectre renifla et Thomassin aurait juré qu'il pleurait si cela était possible.

Derrière lui, Albrecht entamait l'ouverture du sixième sceau. Il pressa l'esprit.

— C'est bien, tu es un homme raisonnable, cela se voit. Tu ne souhaites pas que tes connaissances conservent de toi l'image d'un méchant fantôme tourmenteur et hurleur ? Ce serait très mauvais pour tes affaires, ne crois-tu pas ?

En face, la forme mélancolique acquiesça.

— Enfin, c'est entendu. Ne veux-tu pas nous confier une dernière requête ? Je peux me charger d'être ton messager, sais-tu ? Je m'en acquitterai avec grand plaisir. Nous ferons dire des messes pour le salut de ton âme. J'ai là, sur moi — il palpa une poche de son gambison[4] de cuir dans laquelle reposait un rouleau de parchemin orné d'un sceau de cire écarlate — une missive de l'abbé de Mittelsbach. Elle te donne l'absolution et t'assure

---

4 Vêtement matelassé servant à se protéger lors d'un combat.

qu'indulgence plénière te sera prodiguée à la prochaine Pâque.

Le fantôme approuva. Son corps astral devenait de moins en moins consistant, telle une fumée qui se dissipait peu à peu dans le néant des ténèbres environnantes. Un craquement résonna et il désigna, d'une main presque invisible à présent, la cheminée qui décorait l'un des murs de la chambre. Le manteau de marbre blanc se fendilla.

« Et l'ange, que je voyais debout sur la mer et sur la terre, leva sa main droite vers le ciel, et jura par celui qui vit aux siècles des siècles, qui a créé le ciel et les choses qui y sont, la terre et les choses qui y sont, et la mer et les choses qui y sont, qu'il n'y aurait plus de temps, mais qu'aux jours de la voix du septième ange, quand il sonnerait de la trompette, le mystère de Dieu s'accomplirait… »[5]

Albrecht acheva sa lecture, rangea sa bible et sortit de sous sa coule une fiole transparente. Il aspergea toute la pièce de liquide bénit et, alors que Guy de Lansbourg rejoignait les ténèbres mortifères pour de bon, la pierre de la cheminée céda sous une formidable pression, se disjoignant tout à fait du mur.

Thomassin n'eut que le temps de se jeter à terre et jura comme un démon, alors que des morceaux d'albâtre tranchants étaient projetés dans tout l'espace. Le spectre avait joué sa dernière carte et l'ornement explosa.

Un silence de plomb tomba sur la chambre en même temps que le voile de poussière blanche qui se soulevait

---

5   Apocalypse selon Saint-Jean, 10,5, version de Louis Segond.

des décombres. Thomassin se releva péniblement. Un éclat avait entaillé son gambison matelassé et il pesta.

— Albrecht! appela-t-il dans la pénombre, Albrecht, tu vas bien?

Il scruta les gravats et finit par distinguer la silhouette du moine, roulé en boule par terre. Il épousseta ses vêtements tant bien que mal et s'approcha, tirant sur la coule de son compagnon pour le relever d'une seule main.

— Allons, n'as-tu pas de mal?

Le jeune homme leva vers lui un regard empli de gratitude et entreprit de vérifier qu'il n'avait subi aucun dommage. En dehors de la fiole d'eau bénite brisée, tout semblait en ordre.

Soudain, il se redressa comme si une guêpe l'avait piqué et chercha frénétiquement dans les poches de son habit.

— Qu'y a-t-il? s'agaça Thomassin, habitué aux atermoiements de son compagnon, beaucoup trop tendre à son avis.

— La dent! pleurnicha ce dernier, la dent de sainte Radegonde! Elle a disparu! J'ai dû la perdre quand je me suis jeté à terre!

Thomassin haussa les épaules d'un air dédaigneux.

— Que m'importe! Nous n'allons pas fouiller dans ce fatras pour récupérer une dent de sainte! Ce serait chercher une aiguille dans une botte de foin et nous n'avons pas le temps pour une entreprise aussi hasardeuse!

Le teint d'Albrecht vira au rouge et il brandit ses

poings frêles devant son compère qui le dépassait d'une large tête.

— Ne blasphème point ! C'est une relique précieuse et sacrée ! Si je ne la retrouve pas… Seigneur… L'abbé va me vouer aux gémonies ! Pire, il va me faire donner les verges !

Il saisit son crâne tonsuré dans ses mains, tremblant de tous ses membres, accablé par la perte du vénérable instrument détenteur de la puissance divine.

Thomassin ricana.

— Enfin, Albrecht ! Nous venons de remplir parfaitement la mission confiée par les échevins, le prieur nous exprimera sans doute toute sa reconnaissance. Apaise-toi, je parlerai en ta faveur et lui certifierai combien tu as été héroïque ce soir face à ce méchant spectre. Il te baillera sans doute une nouvelle relique, sainte Radegonde ne possédait certes pas qu'une dent !

Il retint *in extremis* les mots qui allaient franchir ses lèvres. Il savait que son vis-à-vis goûterait fort peu son ironie. Car à sa connaissance, sainte Radegonde était pourvue d'une quantité de dents tout à fait surnaturelles, si l'on en croyait les monastères et églises qui s'en prévalaient. Il n'était pas rare alors de trouver des saints à six bras, plus de dix couronnes d'épines ou encore d'innombrables clous de la vraie croix. L'important ne résidait pas dans l'authenticité de ces reliques, puisqu'après tout, vivants comme morts en étaient persuadés. C'était la force de leur foi qui conférait à ces morceaux de cadavres les propriétés désirées.

Délaissant son acolyte qui larmoyait sur la perte de l'auguste fragment d'émail, Thomassin se dirigea vers les vestiges de la cheminée que la puissance de l'esprit avait fendus en deux. Ce dernier l'avait désigné avant de disparaître pour quelque raison, il le savait. L'ancien âtre ressemblait désormais à une large bouche déformée et édentée.

Tout au fond de ce cul-de-four, un éclat attira son œil exercé. Il dégagea les plus gros morceaux de marbre défoncés, et allongea le bras entre les ruines. Il en extirpa une marmite de terre cuite fêlée, débordant de pièces dont l'or jetait ses feux sous les torchères.

Un sourire satisfait étira ses lèvres dans cette grimace qui le rendait plus hideux qu'à l'habitude, selon l'angle sous lequel on le mirait.

— Mon garçon, dit-il à Albrecht en lui désignant le trésor, ce brave Guy n'était définitivement pas un mauvais homme! Préviens sa veuve, je suis certain qu'elle saura utiliser ce magot à bon escient!

Chapitre II
En l'abbaye

Thomassin…

La voix s'élevait de nouveau, mince comme le filet d'une fontaine presque tarie. Thomassin s'efforça de remonter jusqu'à sa source, cherchant dans les ténèbres brumeuses d'où elle pouvait provenir. Il avançait à tâtons, dans le noir. Il savait très bien en vérité de qui émanaient ces mots.

— Thomassin…

Il se retourna. Elle se tenait là. À nouveau. Intacte, semblable à ses souvenirs. Son visage pâle et émacié, le carmin de ses lèvres contre lesquelles elle pressait un mouchoir. Il s'approcha, caressa ses longs cheveux si fins, saisit sa paume à la fois glacée et recouverte d'une mince sueur. Il enserra son poignet et s'étonna, encore et toujours, de la délicatesse de ce dernier. On aurait dit celui d'une enfant.

Dans un effort douloureux, il la contempla et ses yeux qui n'étaient plus que deux bouches d'ombre enfoncées dans leurs orbites. Son estomac se contracta et une peur sourde, inquiétante, monta en lui. Il connaissait la suite, le rêve se répétait, inlassablement, presque toutes les nuits. Il aurait voulu s'extirper de ce cauchemar, se réveiller. C'était impossible. Sans fin, il revivait les derniers instants de son épouse bien-aimée, dès que le sommeil le gagnait. C'était là son châtiment pour ne pas avoir réussi à la sauver.

Sa main se crispa sur les doigts fantomatiques de sa douce adorée et son visage se releva, contre sa volonté. Devant lui, le visage de sa femme se transforma. Ses joues prirent d'abord une teinte de cendre, sa peau se parchemina, avant de se tendre sur les pommettes saillantes et les os de la mâchoire. Peu à peu, la vision chérie se mua en un squelette pulvérulent. Les phalanges à nue craquèrent, sans libérer sa main, emprisonnée dans leur cage blanchâtre. Une bourrasque se leva et c'est alors qu'il hurla.

Thomassin se redressa, en sueur, la respiration coupée. Son cri demeura bloqué dans sa gorge tel un serpent visqueux. Il passa une paume sur son visage humide, chassant les larmes qui refluaient dans la nuit. La pulpe de ses doigts effleura la longue cicatrice qui courait le long de sa joue gauche, jusqu'à sa tempe. La boursouflure aux lèvres rosâtres le défigurait à jamais dans un rictus macabre qui laissait entrevoir ses gencives et ses dents. Thomassin savait que cette marque disgracieuse ternirait pour la vie son physique pourtant avantageux.

Il n'en avait cure, à présent. La seule personne à laquelle il voulait dévoiler son meilleur aspect était désormais morte, perdue à jamais. Il aurait pu rêver de n'importe quoi d'autre. Les événements tragiques, terrifiants ou extraordinaires ne manquaient pas de jalonner sa vie. Comme cette nuit abominable lors de laquelle il avait rencontré Albrecht et récolté sa cicatrice. Oui, il aurait pu songer à de nombreux souvenirs traumatisants, mais c'était *elle* qui revenait hanter sa mémoire.

Il se leva, massa sa nuque douloureuse et tendue et se dirigea vers le broc d'eau disposé sur une table de bois. Il baigna longuement son visage, surtout ses yeux qui le brûlaient de plus en plus souvent ces derniers temps. Il allait devoir demander des cataplasmes à la camomille et au bleuet au frère herboriste, il n'en avait plus du tout.

Il scruta la chambre qui lui était allouée chaque fois qu'il séjournait au moutier, entre deux missions que le prieur lui confiait. Un sourire ironique déchira sa figure à l'évocation du saint homme. Ce dernier avait su tirer parti de sa détresse et utilisait son désir de vengeance et la colère froide qui couvait dans son cœur depuis la mort de sa femme. Tant qu'elle servait ses desseins, il tolérait que Thomassin vive chez les moines tout en restant lui-même un laïc.

Le chasseur savait que l'abbé l'instrumentalisait. Cela lui importait peu, tant qu'il pouvait assouvir son envie de tout détruire dans ce monde injuste et obtenir, comme promis, la rédemption pour son aimée. Passée dans l'au-delà sans confession, inhumée en vitesse par peur de la contagion en terre non consacrée, son âme errante, abandonnée de Dieu, pouvait revenir à chaque instant d'entre les morts. Il désirait plus que tout éviter cela.

Il enfila sur sa longue chainse[6] de lin ses chausses de cuir souple doublées de laine, délaissant toutefois ses lames bénites. Il n'en avait nul besoin en ces lieux saints. Il compléta cet ensemble d'une tunique épaisse et d'un capuchon large qui lui permettait de dissimuler ses traits disgracieux. Thomassin sortit de sa chambre, située à distance respectable des dortoirs des religieux et des convers, pour gagner le réfectoire afin d'y prendre son repas. Comme les bourreaux, proches de lui par leurs charges tout aussi terre à terre, les bons moines lui conservaient sa nourriture à part. Il traversait le cloître lorsqu'un jeune clerc l'interpella, coule relevée pour améliorer sa course.

— Le prieur… haleta-t-il, il vous demande. Vous devez vous rendre auprès de lui.

Thomassin se renfrogna. Il n'avait même pas la possibilité de manger ! Depuis que la pestilence avait envahi le royaume de France et le Saint Empire, voisins turbulents des cités libres de la décapole[7], les morts se comptaient par milliers. La maladie, inconnue et sournoise, avait fau-

---

6 Chemise ou tunique portée sous les vêtements.

7 Alliance de dix villes libres d'Empire alsaciennes au sein du Saint Empire romain germanique en une ligue économique et politique.

ché plus de la moitié de la population du pays en deux ans. Autant dire que les spectres pullulaient, il ne pouvait pas se plaindre de manquer de pratique…

— Que me veut-il ? grogna-t-il d'un ton peu amène.

Le jeune garçon baissa la tête, une peur sourde se peignait sur ses traits.

— Il… il n'a rien dit. Juste… que vous devez venir, prestement.

Thomassin lui signifia d'un geste de la main qu'il se rendait à cette convocation. Le moinillon soupira, soulagé, et s'éloigna à toute vitesse dans le couloir de pierre, l'air plus léger.

Il longea les murs et ouvrit la porte qui donnait sur le cloître. Celui-ci, écrin de colonnades de marbre et d'arcs en plein cintre dont la verdure foisonnait en été et au printemps, présentait un visage morne et hivernal. La corde de la poulie du puits grinçait sinistrement dans le vent coulis. Il releva son capuchon et son col pour se protéger de la froidure et se dirigea vers les quartiers de l'abbé.

Arrivé dans l'antichambre de ce dernier, un clerc secrétaire se porta au-devant de lui, une pièce de tissu imbibée de vinaigre aux épices à la main. Thomassin se couvrit le visage de mauvaise grâce avec le masque improvisé. Le prieur, déjà très à cheval sur l'hygiène, multipliait les mesures de précaution depuis l'apparition de la grande pestilence à Strasbourg, pourtant éloignée de plus de cinquante lieues. Il soupira. Comme si les

masques et les fumigations de plantes médicinales ser-
vaient à quelque chose! On n'enterrait même plus les
cadavres, les cimetières en regorgeaient. Les fosses communes débordaient. Si la mort noire devait les trouver,
songea-t-il, ce n'était pas une aussi dérisoire barrière qui
les sauverait.

Une fois ses mains lavées et ointes d'une huile où plusieurs herbes macéraient, on l'autorisa à pénétrer dans
les appartements de l'abbé de Mittelsbach. L'homme de
foi, sec comme une trique, se tenait derrière un immense
bureau de bois foncé, à bonne distance d'Albrecht. Ce
dernier, assis sur une escabelle[8], arborait l'attitude de
grande dévotion qu'il adoptait toujours face au directeur
de son monastère. Thomassin lui adressa un petit signe
que son acolyte lui rendit avec une joie visible. Il aimait
bien Albrecht. C'était le seul qui n'avait pas peur de lui,
le seul qui l'acceptait avec ses défauts et ses qualités. Albrecht était un garçon simple et bon, qui incarnait la pu-
reté et l'innocence. C'est pour cela qu'il l'accompagnait
dans sa mission, portant les sacrements et les reliques.
L'exorcisme des spectres lui revenait. Thomassin, lui,
n'était que le chien de chasse. La pièce était sobrement
meublée, en dehors des deux gros braseros qui diffu-
saient une épaisse fumée à l'odeur de plantes et d'épices
mêlées — sauge, romarin, clou de girofle, myrrhe et
musc. L'unique luxe demeurait dans l'imposant faudes-
teuil sur lequel le prieur se tenait et dans la coupe emplie

---

8   Petite échelle ou escabeau servant d'assise.

de gemmes précieuses — améthystes, émeraudes, rubis — destinées à le protéger de la maladie.

D'énormes volumes reposaient sur plusieurs étagères. Venus du *scriptorium*[9], ils étaient enluminés par des copistes dont le talent d'écriture et de dessin asseyait la renommée de Mittelsbach. Thomassin avait pu contempler certaines de ces œuvres, parfois empreintes d'humour et d'irrévérence. Il avait souvenir de *marginalia*[10] dans lesquelles un lapin et un escargot s'exerçaient à la joute, ou encore de créatures grotesques qui jouaient d'instruments de musique. Des chimères et des dragons étranges côtoyaient des caricatures de religieux et de nobles, dans une débauche de couleurs vives et de dorures.

L'abbé semblait plongé dans une de ses nombreuses méditations, ses mains osseuses posées devant lui. Enfin, il les déplia et reporta son attention sur ses deux vis-à-vis. Le chasseur toussa, les vapeurs de vinaigre irritaient sa gorge. Il espérait qu'on allait vite en finir pour qu'il puisse de nouveau respirer librement. Il jeta un coup d'œil furtif à Albrecht, mais ce dernier, toujours paisible, ne paraissait pas incommodé par le textile humide qui se soulevait régulièrement au rythme de son souffle.

---

9   Atelier dans lequel les moines copistes réalisaient des livres copiés manuellement, avant l'introduction de l'imprimerie.

10   Singulier *marginalium*, note manuscrite, dessin ou signe tracé en marge d'un texte par le copiste désireux d'apporter un complément d'information, une pensée, une opinion, un enseignement au document.

— Vous voilà, Thomassin.

— Vous m'avez fait mander, j'accours.

« Tel le bon mâtin que je suis », songea-t-il, amer.

— Bien, bien. Bien. Albrecht me contait justement les détails de votre dernière affaire. Nous dirons des messes pour l'âme de ce… — il regarda brièvement le parchemin à moitié déroulé devant lui — Guy de Lansbourg. Malgré son évident péché de gourmandise, il n'avait pas l'air d'un mauvais homme.

— Non, Monseigneur. Il avait, comme beaucoup, peur de tomber dans l'oubli.

— C'est notre destin à tous, déclara-t-il en balayant l'air de sa main. Leur destin. Vous et moi, Thomassin, et notre brave Albrecht ici présent, bien sûr, nous resterons dans les annales de cette abbaye bien après notre trépas.

Thomassin se demanda comment il pouvait en être si sûr. Avec la pestilence qui décimait le pays, il ne resterait bientôt plus personne pour se souvenir de qui que ce soit. Il se contenta d'acquiescer. Il savait fort bien que le prieur pouvait passer de la plus grande passivité à la plus intense des colères en fort peu de temps. Il n'avait pas le cœur à subir son ire en ce moment. Pas avec ce chiffon sur la face qui lui enflammait les naseaux.

— Il me disait aussi, poursuivit le doyen d'un air de reproche, que vous aviez… égaré la dent de sainte Radegonde.

Thomassin grimaça. Albrecht n'avait pas su tenir sa langue sur ce malheureux événement. Un jour, son honnêteté lui jouerait des tours et il ne serait pas toujours là pour lui sauver le fondement !

— En effet, Monseigneur, une perte immense. La cheminée de marbre et de pierre a explosé sous la force de l'esprit, je n'ai eu le temps que de me jeter à terre pour en éviter les éclats mortels. Albrecht n'a fait que protéger sa vie, lui aussi. Dans l'opération, il a malencontreusement laissé choir la dent. Celle-ci doit encore se trouver dans les décombres de la demeure, sous un monceau de débris dont on ne saurait l'extirper.

L'abbé arqua un sourcil pour marquer son vif étonnement, si haut qu'il aurait pu crever le plafond.

— N'avez-vous point cherché à la récupérer ?

— Certes, Monseigneur ! Nous avons fouillé tous les gravats, écorché nos mains sur les morceaux de marbre tranchants. C'était, hélas, peine perdue. Elle a peut-être été pulvérisée sous l'impact. Ces reliques sont si anciennes, fragiles…

Il accentua son propos d'un geste d'impuissance totalement feint. Le prieur lui lança un regard d'une noirceur terrible pour lui signifier qu'il n'était pas dupe. Sur son escabelle, Albrecht se ratatina, comme s'il pouvait prendre la couleur des dalles du sol. Il se demanda si le jeune moine n'avait pas déjà vendu la mèche et se promit de lui faire bien plus peur que l'abbé, à l'avenir, pour qu'il tienne sa langue.

— Vous avez raison, acheva le prieur, n'en parlons plus ! Je vous ai fait venir pour vous entretenir de tout autre chose.

Enfin, soupira Thomassin. Que ce vieux corbeau crache son morceau, pour qu'il puisse quitter cette pièce à l'air saturé de lourdes exhalaisons odorantes. Un mal de tête commençait à poindre sous ses tempes, il désirait sortir, et vite.

— J'ai une nouvelle affaire à vous confier. Un messager est arrivé à nos portes hier, détenteur de mauvaises nouvelles.

— Vous m'accorderez que ces temps-ci, le peu d'émissaires qui reste apporte souvent des annonces désagréables. Ou la mort.

— Ne vous inquiétez pas pour ça, éluda l'abbé, il est demeuré à la poterne, dans un premier temps. Nous l'avons ensuite dirigé vers l'une des cellules réservées aux hôtes de passage, où il patiente à présent. Quelques jours de réclusion nous permettront de confirmer sa bonne santé. Ou pas.

Thomassin esquissa une moue. Il ne doutait pas que la vieille outre ait pris toutes les dispositions possibles pour s'éviter la contamination. Albrecht et lui-même devaient y séjourner une semaine complète, enfermés, à chaque fois qu'ils revenaient du monde extérieur. Rien n'importait plus à l'abbé que sa propre sûreté, le reste pouvait bien s'écrouler s'il demeurait le seul représentant de Dieu sur cette terre ravagée.

— Il provenait d'un village situé à une centaine de lieues d'ici, à l'orée d'une vallée profonde, encaissée entre les monts du Jura et les contreforts des hautes Vosges. D'après des rumeurs persistantes, un hameau, tout au fond de cette vallée, isolé durant les mois d'hiver, subirait une infestation… conséquente.

Thomassin remarqua le temps d'arrêt dans le discours du prieur, qui leur dissimulait visiblement quelque chose. Il choisit de le laisser poursuivre, ce dernier finirait bien par leur confier le fin mot de cette histoire, s'il souhaitait les envoyer sur place.

— Deux jeunes filles semblent la proie de crises, qui se soldent par des visions mystiques. Elles auraient révélé un don puissant pour la clairvoyance voilà quelques mois et se sont mises à prophétiser diverses choses.

Cette fois Thomassin n'y tint pas.

— Des choses ? Quelles choses ?

L'abbé brassa l'air capiteux à l'aide de sa main d'une maigreur de squelette.

— Toutes sortes d'événements. D'abord, des calamités, comme la grêle ou les sauterelles qui auraient dévoré les récoltes de l'été précédent. Puis l'accouchement d'enfants mort-nés, d'animaux difformes. Et, très vite, des disparitions, qui ont frappé la communauté de ces bons chrétiens avec, semble-t-il, une grande constance. Enfin… eh bien, elles nous prédiraient la fin des temps.

— L'apocalypse ?

— C'est cela, l'apocalypse. Vous connaissez bien le texte à présent, si je ne m'abuse. Elles affirment que la peste est l'incarnation du troisième cavalier, Pestilence.

Le quatrième, Mort, devrait s'abattre sur nous d'un instant à l'autre, suivi par le jugement dernier.

Thomassin siffla entre ses dents. À ces mots, Albrecht se signa, tremblant de tous ses membres.

— J'entends, assura le chasseur d'un air circonspect, c'est terrible, mais tout de même assez vrai. Nul besoin du don de double vue pour percevoir que l'Empire va très mal et pour ce que nous en savons, les autres royaumes aussi. Qu'est-ce qui vous fait penser que cela a quelque chose à voir avec des spectres ? Ce n'est peut-être qu'une vaste supercherie.

Le prieur lui adressa un regard insondable qui le mit, comme à l'accoutumée, fort mal à l'aise. Cet homme n'avait pas son pareil pour modifier son expression en fonction de son interlocuteur et de lui présenter tantôt la figure la plus aimable, tantôt le courroux ou le mépris le plus profond.

— Toutes les prophétesses, miresses, diseuses de bonne aventure et astrologues sont d'abord des femelles. En tant que telles, elles ne peuvent être inspirées que par deux choses : le diable ou les spectres. L'un comme les autres murmure à l'oreille de ces pauvres êtres fragiles et sensibles. Après tout, ce ne sont que des enfants. Bref, vous devez tirer les choses au clair, chasser les esprits qui tourmentent ces deux malheureuses innocentes, si tel est bien le cas. Surtout, faire cesser les troubles qu'elles causent. J'estimerais fort fâcheux que cela s'étende et que d'autres viennent à s'en mêler…

Thomassin maugréa pour lui-même. C'était bien plus facile à dire qu'à faire! Traverser la contrée ravagée par la pestilence s'avérait déjà dangereux. Joindre un village perdu au fin fond des montagnes et des forêts et demeurer vivant tout en restant en bonne santé n'allait pas être une partie de plaisir. C'était simple de commander aux autres, de les laisser risquer leur vie, soi-même confortablement assis, entre les murs protecteurs d'une solide abbaye. Thomassin ne craignait pas la mort, mais il songeait à Albrecht, si jeune. Il retint un juron, lorsque pour la première fois, le petit moine ouvrit la bouche.

— Avec tout mon respect, Monseigneur, que ferons-nous si nous découvrons qu'il ne s'agit pas de spectres, mais d'un démon? Nous n'en avons jamais affronté, je ne suis pas certain…

— Allons, allons, Albrecht, ne te montre pas plus couard que tu n'es, le tança l'abbé, si c'est un diable, tu le conjureras.

— Mais… la procédure diverge, le grand exorcisme requiert force et foi et…

— Deux qualités que tu possèdes déjà! Tu connais les textes, par ailleurs, je ne m'inquiète pas à ce sujet, vu ton érudition.

— En théorie, oui, mais je n'ai jamais pratiqué…

— Ce sera donc une bonne occasion! trancha le prieur. Thomassin te protégera et assurera tes arrières, comme toujours. Combattre un démon ne devrait pas lui poser trop de problèmes. Après tout, sa constitution ressemble beaucoup à celle de ces engeances, n'est-ce pas ?

Thomassin accusa le coup. Une insulte bien tournée et un renvoi à son passé qui n'admettait aucune réplique. Il détestait ce fieffé roué manipulateur, mais il n'avait d'autre choix que de se plier à ses demandes.

— Bien sûr. Je protégerai Albrecht au péril de ma propre vie, s'il le faut.

— Fort bien ! Allons, c'est entendu. Préparez-vous pour le départ d'ici deux à trois jours.

Thomassin s'inclina vivement et Albrecht l'imita. Ils allaient sortir et retrouver l'air frais du cloître enneigé lorsque l'abbé les retint.

— Une dernière chose. Viens par ici, Albrecht.

Le jeune moine s'approcha, aussi docile qu'un chiot qui craint la ceinture de son maître. L'abbé attrapa un coffret de bois précieux finement marqueté, et en extirpa un linge de lin fort usé. Il s'en saisit avec une déférence exagérée, affichant une mine pétrie de révérence qui irrita Thomassin au plus haut point. Cela n'allait donc jamais finir ? Avec mille précautions, il tendit le tissu à Albrecht qui le reçut avec autant de ferveur que si on lui confiait le saint Prépuce. Le chasseur roula des pupilles, agacé.

— Vois, Albrecht, pour pallier la disparition de la dent de sainte Radegonde, je te confie un doigt de saint Théodulfe. Ne l'égare point, surtout. Ce vénérable martyr te protégera et t'aidera à affermir ta foi, sans nul doute.

— Oh, merci infiniment pour votre sollicitude messire, j'en prendrai grand soin !

— Je n'en doute point, le Seigneur serait fort courroucé si tu venais à perdre ou détruire une seconde sainte relique.

Albrecht adressa à son supérieur un sourire contrit et glissa le doigt dans l'un de ses scapulaires. Puis, après une énième génuflexion, les deux hommes quittèrent le vieil abbé parcheminé.

Sitôt dehors, Thomassin arracha le masque imbibé de vinaigre de son visage et le jeta par terre avec rage. Il respira l'air glacé à pleins poumons, son haleine exhalant une brume opaque dans l'atmosphère transparente.

— Tu sembles contrarié, hasarda Albrecht.

— Qui, moi ? Mais non voyons, je suis ravi que l'abbé nous expédie je ne sais où pour s'occuper de deux pucelles soi-disant possédées, qui, pour ce que j'en sais, sont peut-être des simplettes !

Albrecht rentra la tête dans les épaules. Il connaissait assez bien son camarade pour comprendre que ce dernier pouvait entrer dans des états de rage maladifs que rien ne pouvait apaiser. Seul le temps le calmait. Le temps et les prières que le jeune clerc ne manquait pas de prononcer pour l'âme tourmentée de son ami.

Cela ne faisait que deux ans que les deux hommes officiaient ensemble. Malgré l'apparence bourrue et désagréable de son compagnon, Albrecht avait appris à l'apprécier. Pour sa propre part, il éprouvait de la joie à l'idée de partir une fois de plus sur les chemins avec lui. Le danger, partout présent, s'effaçait vite devant le bonheur qu'il avait à contempler la nature qui s'étendait par-delà les hauts murs du monastère. Il remerciait chaque jour la providence d'avoir mis Thomassin sur sa route. Lorsqu'il avait prononcé ses vœux, il s'était persuadé qu'il se fermait au monde pour le reste de sa vie ; la fréquentation des gens « au-dehors » demeurait incompatible avec l'existence d'un moine. La providence en avait décidé tout autrement, lors de cette effroyable nuit où, sur demande du prieur, il avait dû se rendre au castel, à Kaysersberg.

Il secoua la tête comme pour chasser ses souvenirs. Thomassin avait disparu derrière les colonnades du cloître, sans doute pour s'occuper des préparatifs. Il ne fallait pas perdre de temps, surtout si la menace qu'ils allaient devoir affronter sortait de l'ordinaire. Il se signa derechef et se dirigea vers le *scriptorium*, qui jouxtait la bibliothèque. S'il ne voulait pas se retrouver sans ressources, il allait devoir mettre à profit les deux jours qu'il lui restait pour apprendre tout ce qu'il pourrait sur les démons et les engeances surnaturelles. Il retint un petit rire en imaginant la tête du frère bibliothécaire lorsqu'il lui demanderait à consulter, sur ordre de l'abbé, tous les ouvrages possibles qui traitaient de démonologie.

Chapitre III
Disciplinati

Trois jours plus tard, les deux compères étaient réunis dans les écuries qui s'appuyaient sur les contreforts des hauts murs, à l'extérieur de l'abbaye. Thomassin saisit son cheval par la bride et le conduisit vers l'extérieur. Une brume glaciale léchait les pierres blondes et rampait sur les chemins.

En temps ordinaire, le modeste bourg monastique qui s'était agrégé autour du riche prieuré grouillait de vie. Marchands, paysans de la glèbe et artisans profitaient de la manne que constituaient les moines, les échanges étaient prolifiques et la dîme[11], conséquente. Depuis que la grande pestilence avait gagné les plus proches cités, dont Strasbourg et Colmar, les échanges s'étaient réduits à leur portion congrue. La paranoïa du père abbé, alliée à son sens aigu de l'hygiène, avait repoussé les hommes et les bêtes loin de la congrégation et limitait les allées et

---

11 impôt sur les récoltes (de fraction variable, parfois le dixième) prélevé par le clergé ou la noblesse.

venues au strict nécessaire. Ceux qui demandaient asile trouvaient porte close. Au début, nombreux étaient ceux qui étaient venus chercher refuge, suppliants. Ils demeuraient des semaines au pied de l'édifice fortifié, dans l'attente d'un signe de miséricorde du prieur. C'était peine perdue. Alors, la mort dans l'âme, et peut-être déjà en eux, ils s'étaient retirés dès que la froidure avait saisi le pays tout entier.

Thomassin contemplait la buée qui s'échappait des doux naseaux de son cheval et finit par se retourner, l'agacement déformant ses traits encore plus qu'à l'accoutumée.

— Holà ! Albrecht, l'apostropha-t-il, que fabriques-tu donc ? Il fait un temps de gueux, mettons-nous en route ou je vais geler sur place !

Albrecht parut enfin, monté sur Blandine, sa mule. Thomassin détestait cordialement cette bête qui n'en faisait qu'à sa tête et était parfois, lorsqu'elle l'avait décidé, d'une lenteur exaspérante. Il la soupçonnait de sentir son inimitié et de se comporter ainsi à dessein.

— Me voilà, me voilà, cela m'a demandé un peu de patience et force picotins pour faire sortir Blandine. Le froid ne lui vaut rien, tu sais.

Thomassin haussa les épaules.

— Parce que tu crois que cela me plaît de devoir parcourir tant de lieues sous la menace du gel et de la neige, peut-être ? D'autant que nous allons devoir bivouaquer au moins jusqu'au bourg en amont de ce fichu village, si nous voulons éviter les pesteux!

Albrecht acquiesça avec douceur et flatta l'encolure de l'animal sur lequel il était perché. Il songea que Blandine, comme Thomassin, possédait un caractère rétif que seules la bonté et la patience amélioraient.

— Avons-nous bien toutes nos affaires? demanda-t-il à son compère, plus pour occuper son esprit que pour vérifier.

Il avait déjà refait les paquetages et sacoches de selles trois fois, il savait que tout y était. Thomassin le regarda sans sourire, et remonta sur sa bouche cruellement blessée une écharpe de laine brute.

— C'est bon. Allons-y, à présent.

Albrecht acquiesça et leva le capuchon de sa coule pour se protéger des intempéries. Ils se mirent en route dans le silence de mort de la campagne environnante. Seules les feuilles craquaient sous les sabots des bêtes. Les ornières et les fossés présentaient une végétation rase et jaunâtre, cuite par le gel de la morne saison. Le mois de février touchait à sa fin, mais le printemps paraissait encore très loin. Viendrait-il un jour? Le jeune clerc avait ouï dire par l'abbé que des mages et des astrologues prédisaient un mois de mai très humide. Une pluie céleste, porteuse de toujours plus de maux que ceux qu'ils subissaient en ces heures terribles s'abattrait bientôt sur le pays. Ils déclaraient aussi que ces eaux turbides et maléfiques chasseraient pour de bon la pestilence et qu'ensuite, un été chaud et très sec permettrait de délester la terre de ses miasmes purulents. Il priait pour que tout cela soit vrai. Le fléau divin qui les accablait devenait chaque jour plus effroyable. Venu du sud, il s'était propagé vers le nord, à la vitesse d'un incendie au mois d'août. L'est de la France, au carrefour de nombreux pays et voies navigables de commerce, n'avait pas attendu longtemps avant d'être dévoré par l'épidémie.

D'abord, on avait enterré les morts selon les rites, décemment. Puis, devant l'ampleur de la tâche et surtout le manque de bras, on avait fini par les jeter dans d'immenses fosses communes, les uns sur les autres. Parfois, encore vivants.

Les fleuves avaient aussi été mis à contribution, le Rhin débordait de corps flasques et nus, aux stigmates typiques. Jamais l'on n'avait vu, de mémoire d'homme, telle calamité s'abattre sur le monde.

Albrecht avait cependant retrouvé dans les écrits de Thucydide, des bribes de mention de la grande peste d'Athènes, qui causa la mort de l'illustre Périclès. Cette dernière frappait alors des païens, comment pouvait-elle aujourd'hui s'en prendre à de bons chrétiens ?

Le croassement sinistre d'une corneille, perchée à l'aplomb dans un arbre décharné, le tira de ses réflexions. Il songea aux deux jeunes filles qui attendaient leur secours, là-bas, dans le creux des montagnes. Il frissonna. Comme si la pestilence ne suffisait pas, les créatures mythiques et démoniaques semblaient sortir de leur cachette et profiter de ces troubles pour tourmenter les vivants. Spectres, fantômes, bêtes… Qui sait ce qui pouvait bien encore les guetter ?

Au bout de quelques lieues, Thomassin ne sentait plus ni le bout de ses doigts ni celui de ses pieds. Il remua ses extrémités pour les réchauffer et ce fut comme si des dizaines d'aiguilles de métal perçaient sa chair. Il se retourna pour vérifier qu'Albrecht le suivait toujours. Ce dernier, recourbé sur sa maudite mule, semblait moins souffrir que lui. Thomassin savait que le jeune moine entrait parfois dans un état méditatif qui le coupait du monde et isolait son esprit de toutes sensations corporelles. Par ce froid si vif, Thomassin lui enviait cette capacité.

Ils sillonnaient la route depuis plusieurs heures déjà et demeuraient à l'écart des grands axes qui menaient de Colmar à Mulhouse, deux des villes libres les plus importantes. Sous leurs yeux, la morne campagne déroulait son ruban de champs boueux et vides. Les branches noueuses des arbres pendaient au-dessus des fossés emplis d'une eau gelée. Au détour d'un lacet, Thomassin avisa un hameau en contrebas et immobilisa sa monture. Quelques maisons éparses et une chapelle se tenaient dans un renflement du terrain, entouré d'essarts et de pâturages qui paraissaient à l'abandon. Thomassin perçut de la lumière à l'intérieur de certaines. Il soupira sous son écharpe. Il n'avait aucune envie de se frotter aux habitants. La peste pouvait se dissimuler partout, même dans des endroits qui semblaient épargnés. Menace invisible qui planait sur les têtes, elle incarnait à elle seule la vanité de la vie. Un jour vivant en bonne santé, le lendemain malade et dans la tombe. C'était le sort qui attendait tout un chacun, sans distinction de classe, de richesse ou d'origine.

Toujours juché sur Blandine qui le ramena à la hauteur de Thomassin, Albrecht sortit de sa torpeur.

— Ah, il y a un village ici, commenta-t-il.

— Finement observé, Albrecht, tu t'améliores !

— Nous pourrions faire halte pour nous réchauffer un peu. J'aperçois une chapelle qui pourrait nous abriter une heure ou deux.

— Non, trancha Thomassin, c'est trop dangereux de s'arrêter, tu le sais bien.

Albrecht afficha une mine déconfite, mais Thomassin tint bon.

— Nous allons traverser et avancer, nous disposons d'assez de vivres, et même plus. Pas besoin d'abuser de la générosité de pauvres hères. Allons.

Sa langue claqua dans l'air froid et son cheval entreprit de descendre vers les maisons situées en contrebas.

Ils approchaient, tête baissée sous leur capuchon, lorsqu'une étrange litanie parvint à leurs oreilles. Plus ils avançaient vers le parvis de l'humble édifice religieux, plus la rumeur, inhabituelle pour un aussi petit village, semblait enfler. Thomassin immobilisa sa monture et saisit les rênes de celle d'Albrecht. Surprise par cet arrêt intempestif, la mule renâcla.

— Fais taire ta bête, Albrecht! Elle m'empêche d'écouter. Voilà, entends-tu?

Le jeune garçon tendit l'oreille, percevant lui aussi un vague et inquiétant murmure qui allait en s'amplifiant. Il avait l'impression que plusieurs dizaines de personnes chantaient ou psalmodiaient ensemble, produisant ce bourdonnement sinistre.

— On dirait que des gens prient, là dehors. Un certain nombre.

— Je dirais une trentaine de paysans, estima Thomassin. Je crois que tu as raison, on entend des supplications.

— Trente? Tu es sûr? Mais d'où peuvent-ils sortir, les masures de ce pauvre hameau ne peuvent en contenir qu'une quinzaine à elles seules, et encore!

— Je sais, Albrecht, et c'est bien cela qui m'inquiète. Avançons avec prudence et tirons cela au clair. Je n'ai pas du tout envie de me trouver en face d'autant de monde, surtout s'ils se montrent hostiles.

Les deux cavaliers mirent pied à terre et suivirent le mur de la longue maison située à leur droite. Ainsi dissimulés à la vue, ils pourraient observer sans se faire remarquer, au moins dans un premier temps.

À mesure de leur progression, le vague bruissement s'amplifia, avant de se muer en éclats de voix et invectives. Ils débouchèrent devant la petite église. Sur la placette de terre humide qui s'ouvrait jusqu'à son porche de pierre, une cinquantaine de personnes se tenaient. Tous vêtus de manière similaire, de robe d'un blanc terne, ornée d'une grande croix rouge, un chapel de tissu foncé sur la tête, ils possédaient fouets, badines, et martinets dont les nœuds étaient durcis au feu. Certains, allongés à même le sol glacé, se faisaient piétiner par les autres. Tous allaient pieds nus, couverts de saleté et de boue. Leurs prières lancinantes avaient quelque chose de macabre, qui alourdissait l'atmosphère.

Un petit attroupement de paysans, les habitants du hameau les contemplaient avec dévotion.

Albrecht se retira derrière Thomassin et se signa.

— Des disciplinati[12]! s'étouffa-t-il, ah, les impies! Le pape devrait mettre bon ordre à leurs débordements.

— Tu parles d'une de ces fameuses compagnies de flagellants qui sillonnent le pays?

— Vu leur vêture et comportement, ça ne fait aucun doute. Ils prétendent que la pestilence est le fléau de Dieu, venu tous nous punir pour nos péchés. Alors, ils se réunissent entre eux et effectuent de longues processions. Pendant trente-trois jours, sans dormir ni se laver, ils vont en cortège, se fustigeant toute la journée, se piétinant les uns les autres. Ils affirment renouer avec les affres de la passion du Christ et par ce repentir ostentatoire, guérir l'humanité des malheurs qui l'affligent.

---

12 Appelé aussi flagellants ou battuti, membre d'une secte religieuse (XIIIe-XIVe s.) qui se flagellait en public.

— Ils n'ont pas vraiment tort, tempéra Thomassin, nous savons que la peste est une véritable calamité pour le monde entier. Toutes les idées sont bonnes à prendre. Si cela peut aider, après tout.

— Ils blasphèment contre l'Église et les clercs, Thomassin ! Ils se donnent même l'absolution entre eux alors que ce sont des laïcs ! Ils agitent la foule des simples et des serfs contre les seigneurs et l'Église, et les cités libres ne disposent même plus d'assez de soldats, hélas, pour faire cesser ces outrageuses exactions…

Thomassin comprenait mieux maintenant l'inimitié de son compagnon à l'égard de ces flagellants qui égratignaient la légitimité de l'Église. Il allait lui envoyer une réplique bien cinglante en lui faisant remarquer que les religieux étaient loin d'être des saints, quand son regard fut attiré à l'écart de ceux qui fouettaient leur chair.

Il plissa les yeux et contempla une curieuse scène. L'un des fameux sectateurs, plus imposant et plus fort que les autres, bramait sur la silhouette d'un homme étrange. De haute taille, il tenait tête avec flegme pendant que son vis-à-vis s'égosillait. À leurs pieds, l'un de ces pauvres martyrs paraissait à l'article de la mort, allongé dans la fange sans bouger.

Thomassin observa quelque temps les deux querelleurs. Un petit attroupement était en train de se former autour d'eux, l'homme rameutait ses comparses les plus proches et les prenait à témoin. Ils menaçaient l'homme, qui ne se départissait pas de son calme et tentait visiblement d'expliquer quelque chose. Les hystériques ne semblaient cependant pas ouverts à la discussion.

Thomassin analysa le jeune homme en détail. Vêtu d'un mantel épais et par en dessous d'une tunique de lin et d'un tablier auquel pendait une étrange sacoche, son visage était dissimulé par masque de cuir, de forme allongée. Cela le faisait ressembler à un rapace et ses mains étaient gantées. Il avait rabattu son capuchon en arrière, laissant voir son abondante chevelure blonde, légèrement bouclée, et surtout, propre. Un noble, se dit Thomassin, ou bien un bourgeois. Ses vêtements pourtant ne montraient aucune ostentation. Une fibule d'argent fermait l'ensemble, et Thomassin reconnut le caducée. Un médecin de la faculté, et jeune avec ça. Sans doute l'un de ceux qui se portaient au-devant des pesteux, par vocation ou par désir de se distinguer.

Il n'eut pas le temps de s'appesantir sur les origines de l'homme, car, au comble de l'irritation, le flagellant leva le bâton qu'il gardait en main et l'abattit de toutes ses forces sur le jeune homme. Ce dernier, qui se baissait pour examiner le mourant, ne vit pas venir la frappe vicieuse.

Il tomba à genou dans la boue et agrippa son bras meurtri en hurlant. Ce fut comme si l'on avait sonné l'hallali. Les flagellants déjà présents se mirent à rouer le malheureux de nombreux coups, et ce dernier se recroquevilla à terre pour se protéger.

— Par le sang du Christ… murmura Albrecht.

Alors que le flagellant allait de nouveau frapper le dos de l'infortuné, il ne put achever son mouvement. La poigne de fer de Thomassin enserra son poignet et le tordit si fort qu'il laissa échapper un cri et lâcha son arme improvisée.

— Cela suffit, à la fin ! Vous vous prétendez pieux et vous attaquez ainsi, à plusieurs, un homme désarmé ? N'avez-vous pas honte ?

L'autre, qui grimaçait de douleur, lui répliqua :

— Cet homme insulte notre foi, c'est un de ces *médici* envoyés par les cités, ces Sodome et Gomorrhe qui s'écartent des préceptes du Christ. Il affirme soigner la pestilence, alors que nous savons tous que seules la contrition et la prière peuvent nous sauver.

— Que t'importe ce qu'il fait, ne peux-tu passer ton chemin sans t'occuper de lui ?

— C'est lui qui s'est porté au-devant de nous ! Il prétend guérir l'un des nôtres — dit-il en désignant du menton l'homme étalé par terre — alors que rien ne peut plus le retenir en ce monde. C'est tant mieux d'ailleurs, car, bientôt, il aura l'immense privilège de contempler la glorieuse face de notre Seigneur. Nous devons le laisser partir en martyr, pour le salut de son âme. Et toi, lâche-moi, à présent ! Pour qui te prends-tu ?

Thomassin desserra son étreinte et se posta auprès du médecin, toujours à terre. Lorsqu'il dégagea négligemment un pan de son manteau, les fers des lames bénites lancèrent des éclats à son côté. Devant son allure imposante, les autres reculèrent, impressionnés.

Albrecht en profita pour se faufiler jusqu'à eux et aider le jeune homme à se redresser. Le linge avait glissé, révélant un visage fort aimable, sur lequel deux ecchymoses s'épanouissaient entre la mâchoire et l'œil droit.

— Je me nomme Thomassin Von Knochen. Je suis un émissaire de l'abbé de Mittelsbach. Ce que nous faisons ne regarde point les vilains dans ton genre.

La foule s'était réunie derrière celui qui semblait être leur meneur et gronda à cette saillie. Le *disciplinato* se fendit d'un rire aigu.

— Voilà bien l'arrogance de tes semblables. Tu ne devrais pas te croire au-dessus de nous, Von Knochen, car comme les pécheurs, tu finiras dans un trou, sans sacrements !

— Tout comme vous !

— C'est là que tu te trompes. En rachetant les fautes du monde comme le Christ, nous nous assurons une place à la droite du Seigneur. L'heure du jugement dernier approche. Par notre contrition et nos souffrances volontaires, nous seuls apaisons la colère de Dieu. Nous accéderons au paradis promis.

— Blasphème ! siffla Albrecht alors qu'il donnait un peu d'eau au pauvre médecin.

— C'est ça, ricana le flagellant, toi aussi tu défends ta caste ! Mais bientôt, tout cela n'aura plus aucune importance. Les nécessiteux hériteront de la terre et vous tous, qui avez profité des richesses et des largesses sur le dos des manants, vous rôtirez dans les flammes de l'enfer !

Thomassin comprit à la lueur fanatique qui brûlait à présent dans les yeux du flagellant et de ses compagnons d'infortune, que rien ne servait de discuter. Ils devaient se tirer de ce mauvais pas rapidement, car à lui seul il ne pourrait affronter tout le monde.

— Chacun sa vision des choses, l'homme, tenta-t-il pour l'apaiser. Si je peux entendre et respecter la tienne, je ne vois pas en quoi la violence exercée sur quelqu'un qui ne t'a causé aucun tort peut t'aider à gagner ton paradis !

L'autre haussa les épaules, mais sembla réfléchir à l'argument.

— Allons, continua Thomassin d'un ton raisonnable, je ne veux pas me battre avec vous, il y a déjà assez de morts par les rues comme ça. Nous allons emmener le médecin et l'escorter jusqu'à la prochaine ville. Ainsi, vous serez débarrassés de sa présence qui semble tant vous importuner. Tout le monde y gagne.

Thomassin se sentait un peu comme un Salomon malhabile, et il espérait qu'éloigner l'homme des flagellants serait suffisant. En revanche, si ces derniers se mettaient à leur donner la course et à insister, ils étaient fichus.

Il se tourna vers le médecin qui se massait son épaule douloureuse et palpait ses côtes.

— Peux-tu marcher ?

— Cela me paraît difficile, j'ai l'impression qu'une de

mes chevilles est tordue. Mon roncin est attaché un peu plus loin, à la sortie du village.

— Fort bien, alors nous allons nous retirer.

— Mais, protesta le jeune homme, on ne va pas abandonner le mourant à son sort, tout de même !

Thomassin jeta un œil au malade. Il n'était pas en mesure d'évaluer son état de santé. Si ce dernier de plus, était porteur de la pestilence, mieux valait ne pas trop s'en approcher. Il n'avait aucune envie de s'attarder.

— Il est des leurs, c'est son choix, trancha-t-il, tu ne peux pas intervenir contre sa volonté.

— Il est épuisé par les privations et plein de croûtes dues aux flagellations, il est bien incapable d'exprimer son consentement ! protesta le physicien.

Thomassin lui jeta un regard noir et approcha son visage, toujours couvert de son écharpe, tout prêt de celui du jeune disciple d'Hippocrate.

— Si tu préfères rester ici et subir les foudres de ces fous de Dieu, libre à toi, gronda-t-il, je t'abandonne à eux bien volontiers, j'ai autre chose à faire ! Si tu veux conserver ta vie, je te conseille de te taire et de me suivre. Allons, Albrecht, nous partons.

Le moine ne se fit pas prier, attrapa bien vite les rênes de sa mule et imita Thomassin, jetant des regards effrayés par-dessus son épaule. Le médecin, à contrecœur, les rejoignit en claudiquant. Parvenu à la dernière maison du pauvre hameau, il put récupérer sa monture, un joli cheval à la robe claire, fringant et bien nourri. Il flatta son encolure et se retourna vers ses deux sauveurs.

— Merci.

— Ah, tout de même ! grogna Thomassin, énervé.

— Pardonnez mon attitude, je reconnais que vous aviez raison, mais que voulez-vous, venir en aide aux malheureux et aux malades est ma vocation ! Je ne sais pas les abandonner à leur triste sort.

— C'est tout à votre honneur, approuva Albrecht, un air de compassion sur son juvénile visage.

L'autre lui sourit aimablement.

— Je ne me suis par ailleurs pas présenté, mille excuses. Je me nomme Arnaud de Bonneville.

Chapitre IV
Le physicien de peste

J'ai étudié la médecine à Montpellier, auprès du grand Gui de Chauliac[13], juste avant que la pestilence ne gagne toute la contrée. Celui-ci a été appelé par Sa Sainteté, en Avignon. Désireux de porter secours aux miséreux, j'ai… décidé de délaisser les bancs de la faculté et me suis lancé sur les routes de Provence, afin de proposer mes services aux cités qui en avaient désespérément besoin.

Thomassin nota la pause dans le discours bien rodé du jeune médecin. Ce dernier dissimulait quelque chose, il en était persuadé. Qu'il soit docteur ne semblait pas prêter à débat. Sa vêture, ses gants, ses effets et surtout, le caducée qui fermait son habit le prouvaient. Cependant, en ces temps troublés où l'apocalypse les guettait tous, tout un chacun pouvait mentir, mais aussi usurper une identité sans que personne n'en devine rien. Il décida de n'accorder qu'une confiance relative à ce garçon.

---

13   Parfois Guy de Chauliac, médecin et chirurgien français.

Ça n'avait pas beaucoup d'importance, puisqu'ils allaient se quitter à la première ville qu'ils croiseraient. Il acquiesça, tandis qu'Albrecht opinait du chef sur sa mule, plus qu'intéressé de pouvoir échanger avec un autre intellectuel. Thomassin possédait lui aussi des lettres, obtenues de son ancien métier de notaire, mais restait bien souvent muet, peu enclin aux discussions futiles.

— Mes voyages m'ont mené à Lyon, puis à Strasbourg, où je suis resté presque deux années. Je suis parti, car l'ambiance, avec ces flagellants, devenait vraiment délétère. Enfin, j'ai pris mon cheval il y a quelques semaines de cela et je me suis retrouvé dans ce hameau déserté où nous nous sommes rencontrés. Je ne pensais pas tomber à nouveau sur ces *disciplinati*… il soupira tristement avant de continuer : et vous ? Vous avez dit être en mission pour le compte d'un abbé ? Quel mandat un homme de Dieu peut-il confier à un jeune novice et à… heu…

— Un pécheur tel que moi ? ricana Thomassin sous son écharpe.

— Ce n'est pas… loin de moi l'idée de vous offenser, mais…

— Mais je ne possède pas précisément le profil d'un sacristain, n'est-ce pas ? Vous avez raison sur ce point, je ne suis pas moine. Disons que je suis le protecteur de celui-ci, dit-il en pointant Albrecht du menton.

Arnaud le contempla avec une curiosité non feinte. L'homme l'impressionnait, il avait tenu tête aux flagellants de rude façon. De forte constitution, les épaules larges et le cou massif, il paraissait juste et en même temps dénué de la moindre compassion. Il avisa son écharpe et sourit.

— Je ne suis pas pesteux, vous savez. Malgré ma fréquentation quotidienne des malades, je n'ai pas éprouvé d'autres symptômes, en dehors d'une fièvre tierce qui m'a tenu couché une semaine et fait vomir tripes et boyaux. Vous pouvez retirer votre linge sans crainte.

Thomassin éclata d'un rire bref qui ressemblait à un aboiement rauque et Albrecht rougit. Il savait que son comparse n'aimait pas aborder le sujet de son visage ravagé à brûle-pourpoint. Encore moins devant un inconnu.

— Ce n'est pas pour moi que je dissimule mes traits, c'est pour vous.

— Oh ! Si vous souffrez de quelque infection, je peux sans nul doute vous aider ! J'ai là, dans mes sacoches, les meilleurs remèdes des facultés : onguents, vinaigres, poudres et surtout, un plein pot de thériaque[14]. Je la fabrique moi-même selon la recette du docteur de Chauliac. En baume ou en goutte, c'est une panacée. Si vous souffrez d'un abcès de bouche, je peux aussi vous recommander un emplâtre à base de consoude pilée, de miel, de thym, de girofle et d'excréments de pie qui accomplit de purs miracles…

---

14   Préparation pharmaceutique, connue depuis l'Antiquité, contenant une cinquantaine de composants, dont une assez forte dose d'opium, à laquelle on prêtait des vertus contre toutes sortes de maux : infections, poisons, venins, douleurs…

Il se tut immédiatement en voyant que Thomassin avait tiré sur les rênes de son cheval et s'était arrêté. Il dardait sur lui ses yeux d'ambre foncé qui ressemblaient à des prunelles de félins. Pour toute réponse, le chasseur écarta les pans de son foulard et présenta son profil déchiqueté au jeune médecin. Ce dernier ne broncha pas en découvrant l'immense cicatrice de chairs rosâtres et gonflées qui béaient sur sa mâchoire et ses dents.

— Vous ne pouvez rien pour moi, physicien, mais c'est gentil de proposer.

Thomassin dissimula de nouveau le bas de son visage avec le tissu bien serré et reprit sa route, bien en avant. Lorsque Albrecht arriva à la hauteur d'Arnaud, celui-ci se pencha vers lui et lui murmura :

— Il n'est pas commode votre ami. Qu'est-ce qui lui a infligé une telle blessure ? On dirait qu'il a été attaqué par un véritable démon !

Albrecht lui adressa un sourire contrit.

— Pas par un démon, non. Par un spectre.

Le jeune médecin se tint coi et ravala sa salive. Un spectre ? Il considéra les deux étranges personnages qui le précédaient et continua à les suivre, sans savoir vers quelle destination ils pouvaient bien se diriger.

Le manteau gelé de la nuit ne tarda pas à étendre ses longs pans nébuleux sur la contrée et Thomassin scruta l'horizon bleu foncé. Le soleil, déjà bas et masqué de brume, disparut tout à fait derrière la ligne sombre des monts. Il avisa un chemin caillouteux qui quittait la chaussée principale pour se perdre dans un bois de résineux. Il se tourna vers ses compagnons de route. Albrecht farfouilla dans ses sacoches et en sortit une lanterne dont la cage de métal contenait une petite mèche graisseuse. Il l'alluma à l'aide de son briquet. Thomassin les héla dans l'obscurité grandissante.

— Je vais voir ce qui se cache au bout de ce chemin, il doit mener à une ferme ou une métairie. Attendez-moi.

Il sauta au bas de sa selle et s'empara d'un épais morceau de bois sec, qu'il enflamma avec la veilleuse d'Albrecht. Ce dernier regarda disparaître son compagnon et son cœur se serra. Il détestait le perdre de vue, car il se sentait alors plus vulnérable qu'un nourrisson. Le jeune médecin comprit son inquiétude et lui asséna une petite frappe sur l'épaule.

— Allons, haut les cœurs, il n'en a pas pour longtemps. J'espère que ces gens se montreront accueillants, j'ai grand besoin d'examiner et soigner ma cheville.

Albrecht hocha la tête. Il connaissait aussi certains remèdes et concoctions pour faire disparaître les enflures et apaiser les hématomes. Ses compétences étaient certes limitées, mais il estimait les onguents du frère herboriste de Mittelsbach bien plus sains et efficaces que ceux des physiciens laïcs.

Arnaud avait raison, Thomassin ne tarda pas à réapparaître devant la lumière falote des flammes.

— Tout va bien, venez.

Les deux autres, pressés de se réchauffer au coin d'un

bon feu, se précipitèrent à sa suite, tenant leurs montures par la bride. Ils arpentèrent le petit chemin pendant quelques minutes et parvinrent devant de grands murs à demi effondrés. En dessous, la végétation et les poutres du toit, noircies par un vieil incendie, avaient presque envahi l'entièreté du corps de ferme.

— Mais… protesta Arnaud, ce ne sont que ruines !

— L'ancien foyer est propre et dégagé, la terre battue est demeurée vierge. Avec un bon feu et nos toiles tendues, nous serons à l'abri et surtout invisibles depuis la route. J'imagine que vous attendiez une hostellerie ou une auberge plus cossue ! grinça Thomassin, nous devrons pourtant nous en contenter.

— Sans parler d'hostellerie, j'espérais que de braves gens nous offrent l'hospitalité, comme il est de coutume.

— La coutume et l'hospitalité, comme les braves gens, sont mortes avec le fléau qui s'est abattu sur nos têtes ! Vous l'avez bien constaté, tout à l'heure, n'est-ce pas ? Je préfère demeurer à l'écart de la populace, enfin, de ce qu'il en reste. Vous avez sans doute remarqué que les étrangers et les voyageurs ne sont plus les bienvenus nulle part. Que ce soit la maladie ou la folie des hommes, j'estime meilleur de s'en tenir éloigné autant que nous le pouvons.

Arnaud se renfrogna, mais n'adressa pas de réponse au chasseur. Ce dernier retira son écharpe et lui envoya un sourire grimaçant que sa cicatrice rendait encore plus horrible dans les ombres mouvantes de la nuit.

— Vous pouvez vous installer ailleurs, si vous le souhaitez. Mais je vous préviens, de l'autre côté, là-bas, les dépouilles des anciens propriétaires reposent et ce n'est pas beau à voir…

Un long frisson parcourut les membres d'Arnaud et il se tourna vers Albrecht, qui n'en menait pas large non plus. C'est le moment que choisit une énorme chouette, qui devait sans nul doute loger dans les parties encore intactes de la ferme, pour passer au-dessus d'eux en poussant un hululement sonore. Les deux garçons crièrent et baissèrent d'instinct la tête, ce qui déclencha le rire rauque de Thomassin.

Arnaud était de nature heureuse et fit contre mauvaise fortune, bon cœur. Il aida les deux autres à dresser un campement sommaire. Un feu joyeux se mit à crépiter entre les pierres de l'ancien foyer et ils s'enveloppèrent dans leurs épaisses couvertures de laine. Arnaud exhala un soupir d'aise et entreprit d'enlever sa chausse pour examiner sa cheville. Il souffla lorsqu'il desserra les grandes bandelettes dont il avait ceint ses mollets pour mieux les protéger du froid. Sa peau était légèrement bleutée et il palpa la protubérance de l'os.

— Rien de cassé, heureusement. Un petit emplâtre de thériaque et il n'y paraîtra plus.

Sous le regard intéressé d'Albrecht, il retira de son sac un pot en grès, fermé par un bouchon de liège, empli d'une substance blanchâtre et aussi visqueuse que du miel. Il en étala un peu sur sa cheville qu'il massa ensuite avec componction, avant de revêtir à nouveau ses chausses.

Notant l'attention du jeune moine, il lui tendit le récipient en souriant.

— Vous pouvez l'examiner sans crainte, Albrecht. J'applique la recette de Galien, mais quelque peu modifiée par les plus grands chirurgiens de notre faculté. Elle comporte plus de cinquante ingrédients, dont la myrrhe, l'anis, le poivre long, l'opopanax, le benjoin, la menthe des montagnes, le laurier, la lavande…

Albrecht se saisit délicatement du récipient et en huma le contenu. Une forte odeur d'épices diverses et de térébenthine envahit ses narines tandis que le jeune médecin continuait d'égrener la litanie de sa composition.

Thomassin, de son côté, mit à chauffer de l'eau additionnée de thym et de sauge sur les pierres chaudes. Il y disposa ensuite trois tranches de pain bis, qu'il couvrit chacune d'un œuf. Un agréable effluve de pain tiède ne tarda pas à s'élever et Albrecht sentit la salive affluer dans sa bouche. Thomassin n'était certes pas un cuisinier hors pair, mais il savait tirer parti de la plus simple des nourritures. Il tendit les tartines brûlantes à ses camarades et pendant quelque temps, l'on entendit plus qu'un satisfaisant bruit de mastication dans le silence des bois et des rochers. Une fois repus, une douce torpeur s'empara de leurs corps. Arnaud estima que le moment était venu d'effectuer un brin de conversation.

— Vous ne m'avez pas dit, messieurs où vous vous

rendez, je crois.

— Non, nous ne l'avons pas dit, car il est inutile que vous le sachiez, lui asséna Thomassin.

Arnaud ne releva pas la rebuffade et continua avec un enthousiasme que rien n'entamait.

— Si je ne peux savoir où, je peux aux moins deviner pourquoi ! Albrecht m'a conté tantôt que vous étiez mandé par un certain abbé pour exorciser des personnes sujettes à une infestation spectrale. J'avoue que cela ne me surprend guère, car si nous autres, physiciens, nous nous occupons de la santé des corps, l'Église se charge de celle des âmes. Nous sommes confrères, en quelque sorte !

Thomassin contempla le jeune médecin blond qui lui souriait, exacte antithèse de lui-même, sombre et noir. On n'aurait pu trouver condisciples plus dissemblables, même en les cherchant. Il soupira et blâma intérieurement Albrecht qui ne savait pas tenir sa langue.

— C'est cela, des… confrères. Le mérite entier de nos succès revient à Albrecht. C'est lui, le saint qui exorcise ces âmes damnées et perdues. Moi, je gagne juste du temps.

— Vous êtes trop modeste, vraisemblablement. Il me confiait d'ailleurs qu'un spectre vous avait infligé cette terrible blessure, bien que je m'imagine assez mal comment. Sans doute, car vous vous trouviez, tel un chevalier, au cœur de la bataille.

Cette fois Thomassin jeta un regard noir au moinillon

et ce dernier rentra la tête entre ses épaules.

— Enfin, poursuivit Arnaud, je comprends que vous êtes en route pour l'un de ces cas que l'on vous a signalés.

— C'est exact, c'est pourquoi vous nous laisserez au prochain embranchement. Vous pourrez alors rejoindre Thann ou Mulhouse. Nous continuerons vers le Jura et la frontière alpine du Saint Empire.

Arnaud afficha un air empli de curiosité.

— Vraiment? Allons, vous ne voulez toujours pas me confier où vos pas vous mènent? Je resterai plus muet qu'une tombe et qui sait, mes connaissances et mon expertise pourraient peut-être vous être de quelque secours?

Une lueur glaciale, mais intéressée, se fit jour dans l'œil de Thomassin. Après tout, il n'avait aucune idée de ce qui les attendait, là-bas. Si jamais les pauvres enfants étaient la proie de quelques problèmes psychiques ou tout bonnement malades, ils seraient impuissants à les aider. Un médecin de la faculté en revanche, sans doute. Aucun de ces misérables paysans n'aurait les moyens de faire appel à un tel savant. Si Arnaud était bien celui qu'il prétendait être, alors ils pouvaient gagner à ce que ce dernier les accompagne. Il émit un grognement bref, qui signifiait qu'il allait y réfléchir. En silence, il s'enroula dans sa couverture et se dissimula sous son capuchon. Quelques minutes plus tard, il dormait d'un sommeil de plomb.

Albrecht adressa un sourire contrit au jeune médecin.

— Il ne vous a pas dit non, murmura-t-il, c'est bon signe. Pour ma part, j'estime que votre proposition de vous joindre à nous est tout à fait acceptable. Nous ignorons encore ce qui ronge la petite communauté de chrétiens où nous nous rendons. Ils sont peut-être juste atteints de quelque maladie, comme le feu de Saint-Antoine[15], dont on parle parfois.

L'attention du médecin s'aiguisa à ces mots et il poursuivit avec enthousiasme.

— Ah, vous avez quelque raison de croire que ces pauvres gens pourraient être contaminés par le mal des ardents? C'est fort intéressant! Je n'ai pas moi-même soigné ce type de malaise, mais l'on en discourait en faculté, bien entendu. Hélas, la grande pestilence a aujourd'hui pris toute la place. On vous a donc rapporté que des personnes sont affligées par des contractions de nerfs? Tourmentées par l'impression que leurs membres prennent feu, ou se détachent? Ont des visions terribles?

— Eh bien… je ne peux rien assurer, mais les individus touchés semblent en effet accablés de spasmes, leurs corps s'arc-boutent et elles hurlent comme des démentes. Elles sont aussi la proie de rêves éveillés, oui. Plus exactement, elles prophétisent…

— Voilà un cas fort complexe! Je serai plus que ravi de vous prêter main-forte et d'identifier la cause de ces maux, si elle est bien entendu de mon ressort.

---

15   Ancien nom de l'ergotisme, intoxication due à l'ingestion des alcaloïdes contenus dans l'ergot de seigle, proche du LSD.

Les deux hommes se turent ensuite et s'abîmèrent dans la contemplation des flammes qui se muaient en braises. Ils songèrent à ce hameau de montagne, pauvre et ravagé par une épidémie encore plus mystérieuse que celle de la grande mort noire.

Chapitre V
Noirs chemins

Le jour se levait, éclairant à peine les sommets enneigés des hautes Vosges de ses pâles rayons hivernaux lorsqu'ils se remirent en route. De longues écharpes de brouillard balayaient la plaine vide et seul le vol des corneilles troublait le silence impressionnant qui envahissait la campagne. Partout où la mort noire étendait son linceul lugubre, plus rien ne semblait subsister. On y survivait rarement, et ceux que les bubons n'envoyaient pas dans l'autre monde étaient souvent rattrapés par une forme étrange de la maladie, qui s'attaquait à leurs voies respiratoires. Là où la peste bubonique emportait son hôte malheureux en quelques jours, la peste pulmonaire pouvait le tuer en quelques heures.

La disette, l'état de pauvreté et de sidération dans lesquels étaient plongés les rescapés faisaient le reste. Très peu de territoire était épargné par le grand mal. La faucheuse sillonnait le pays. Du Rhin au Rhône, personne, ou presque, n'échappait à sa faux.

Les feuilles et l'herbe jaunie tapissaient le chemin, tandis qu'aux alentours, les champs rendus nus par l'hiver laissaient voir la terre roidie comme les côtes d'un squelette. Ils allaient tous trois, sans nul autre bruit que le pas de leur monture sur les pierres gelées du sentier. Une épaisse buée s'élevait de leurs bouches pourtant recouvertes.

Albrecht avait envie de chanter quelques psaumes pour se donner du courage et s'occuper le long de la route. Il allait entamer un joyeux *kyrie eleison*[16], lorsque sa mule manqua de rentrer dans l'arrière-main du cheval de Thomassin. Elle protesta à grand renfort de braiments sonores contre cette offense manifeste. Thomassin se retourna, ses yeux lançant des éclairs noirs en direction de son compère.

— Fais donc taire cet animal ! hurla-t-il pour couvrir le vacarme de Blandine.

— C'est ta faute, protesta le jeune homme, tu t'es brusquement arrêté et je ne t'ai pas vu. La pauvre bête a failli verser dans le fossé, tu devrais comprendre la peur qu'elle a eue !

— Par le sang du Christ, Albrecht ! Je ne plaisante pas ! Fais-la donc cesser ou je te jure que je l'écorche à vif !

D'aussi mauvaise grâce que sa monture, Albrecht

---

16   Litt. «Seigneur, prends pitié», chant liturgique pratiqué dans les églises catholiques et orthodoxes.

murmura des mots à Blandine pour l'apaiser tout en flattant son encolure. Voyant que la robe de l'animal frémissait encore, il adjoint à ses caresses un petit morceau de carotte qu'il conservait toujours à portée de main. Blandine accepta le cadeau, qu'elle se mit à mâchonner.

Thomassin tendit l'oreille et scruta la campagne nue. Il lui semblait avoir perçu un bruit inquiétant, comme un râle. Tout était silencieux. Il reprit la route avec précaution, et quelques mètres après, l'étrange complainte retentit de nouveau. Il se tourna vers les deux autres.

— J'ai entendu, confirma Arnaud, on dirait le gémissement d'un agonisant.

Thomassin opina du chef et ils continuèrent de progresser avec prudence. Plus loin sur le chemin, une silhouette mystérieuse se dessina sous la brume froide que la lueur du soleil rendait fantomatique.

Thomassin plissa les yeux et découvrit les contours d'un attelage dont l'un des essieux était brisé. La carriole avait versé dans l'un des fossés et les bêtes de somme, deux énormes bœufs, paissaient à l'écart de la route, dans les champs nus où ils s'étaient égaillés. Il devina une masse sombre au pied du charroi abîmé, d'où provenait le cri rauque.

Il allait avancer lorsque Arnaud descendit de selle. Il alluma à l'aide d'un briquet une tige de paille sèche et l'inséra à l'intérieur de son curieux masque en bec d'oiseau. Les braises rougirent et une épaisse fumée aromatique se développa.

— Restez où vous êtes, leur intima-t-il en saisissant un bâton, je vais voir.

Il se couvrit le visage avec son étrange dispositif et s'élança vers la victime. Thomassin fut surpris par l'initiative du jeune médecin, mais ne broncha pas. Après tout, c'était là son métier et si le malheureux portait la peste, autant demeurer à l'écart.

Arnaud s'approcha de l'infortuné. L'homme, appuyé contre une planche qui s'était détachée de la charrette, était coincé sous l'une des immenses roues de bois, sa jambe brisée nette par la force du choc. Arnaud contempla la fracture visible à l'œil nu, les esquilles d'os rompus sourdaient de la plaie béante et écarlate, telles des épines. Il devait être dans cet état depuis au moins deux jours. Les routes désormais désertes ne lui avaient pas permis de trouver des secours.

Il s'accroupit à une distance raisonnable pour procéder à son examen, mais comprit vite qu'il n'y avait plus rien à faire. S'ils parvenaient, par il ne savait quel stratagème, à sortir le malheureux de là-dessous, alors il devrait l'amputer. Seul le froid avait évité que la gangrène ne gagne la plaie. Il poursuivit son analyse et se rapprocha à petits pas. À l'aide de son bâton, il releva le plus doucement possible le menton du blessé, qui exhala un soupir douloureux. Arnaud frissonna en découvrant, sous son cou, les ganglions à la peau bleuâtre, gonflés par l'infection. Le devant de son habit était maculé de vomissures et ses yeux, vitreux et blancs, tournaient comme des toupies dans leurs orbites creuses. Il s'écarta vivement.

Il revint à la hâte vers ses compagnons et leur fit de nouveau signe de se reculer.

— Cet homme est perdu. En dehors de sa blessure, la mort noire l'a atteint. Il n'en a plus pour très longtemps, je ne peux rien, à part soulager ses souffrances. Restez à distance, s'il vous plaît, pendant que je lui administre une drogue de ma fabrication qui endormira sa peine.

Il chercha dans ses sacoches et en sortit une éponge marine, dont il sectionna un bout avec un coutel. Il tira ensuite de la bourse qu'il tenait toujours à son côté, une petite fiole de verre bleu, dont il versa une dizaine de gouttes sur le matériau spongieux. Il fixa ce dispositif au bout du bâton et s'approcha à nouveau de l'infortuné. Avec des gestes d'une infinie prudence, il tendit l'objet imbibé devant la bouche craquelée du malade. Ce dernier comprit la manœuvre et aspira le liquide avec le peu de force qu'il lui restait, avant que sa tête ne retombe sur sa poitrine.

Arnaud se redressa, prit son élan et jeta le tout dans un champ voisin, le plus loin qu'il put, avant de revenir vers sa monture. Thomassin esquissa un sourire sous son écharpe. Le jeune homme venait de lui démontrer ce qu'il espérait. Nul doute à présent ne demeurait quant à sa qualité de médecin. Dès lors, il pouvait bien être un fuyard, un malcuidant, un traître ou quoi que ce soit d'autre, si seule cette partie de son histoire était vraie, cela lui suffisait amplement. Il le regarda dégager son visage et frotter ce dernier avec son fameux onguent qu'il appelait thériaque. Arnaud en appliqua même sur ses narines, avant de rincer ses mains avec du vinaigre et de remonter sur son cheval.

— C'est bon, murmura-t-il, au moins passera-t-il dans l'autre monde sans trop de mal à présent.

Thomassin acquiesça et il allait se remettre en route quand il avisa Albrecht qui se tortillait sur sa mule comme un ver.

— Qu'y a-t-il, Albrecht? Ta selle serait-elle devenue incandescente sous ton fessier?

— Non point, c'est que je devrais peut-être me porter auprès de lui, moi aussi. Pour le confesser?

— Enfin, n'as-tu pas entendu ce que vient de dire Arnaud? Cet homme est atteint de la peste! Tu tiens tant que ça à succomber au mal noir?

— Notre Saint-Père compte sur nous pour continuer à exercer notre sacerdoce auprès des malades. C'est mon devoir de l'aider à passer dans l'autre monde.

— Ne sois donc pas si naïf et inconscient, s'il te plaît. Poursuivons notre route.

— Non, écoute, Thomassin! Imagine qu'il… que son âme… qu'il devienne un spectre, acheva-t-il dans un souffle.

Thomassin poussa un soupir exaspéré, mais admit tout de même qu'Albrecht n'avait pas tort, pour une fois. Penser à l'esprit de cet infortuné, qui viendrait hanter les carrefours des alentours à la nuit tombée n'était guère une perspective réjouissante.

— Il n'est pas en mesure de vous confier quoi que ce soit, intervint doctement Arnaud, si vous souhaitez toutefois accomplir les sacrements pour lui, absolvez-le, mais à bonne distance.

Albrecht lui lança un coup d'œil reconnaissant. Il se sentait si inutile dans ces moments où la peur lui nouait les boyaux. Souvent, face aux spectres, il ressentait cette même terrible frayeur qui montait en lui et le privait de tous ses moyens. Dans ces instants-là, devant le courage et parfois l'inconscience dont Thomassin faisait preuve, il se trouvait plus ridicule que jamais. Comme toujours, dès que les premiers mots sacrés franchissaient la barrière de ses lèvres, c'était comme s'il revêtait une armure rutilante et inviolable, dans laquelle rien ne pouvait plus lui arriver. Il descendit de sa mule, car Blandine, flairant le danger, restait immobile, figée dans la glaise du chemin. Il laissa plusieurs mètres entre lui et le pauvre hère puis prononça les paroles qui sauveraient son âme :

— *Ego te absolvo a peccatis tuis in nomine Patris, et Filii, et Spiritus Sancti. Amen.*[17]

Thomassin soupira en voyant le jeune moine rejoindre Blandine et se remettre enfin en route. Il n'avait aucune envie de s'attarder devant le mourant. Certes, c'était pitié, mais la vie était désormais ainsi faite dans

---

17 «Je t'absous de tous tes péchés, au nom du Père, et du Fils et du Saint-Esprit.»

ce royaume en proie à la grande pestilence. L'Homme, auparavant prédateur fier, ne valait pas plus qu'une charogne qui nourrissait corneilles et corbeaux. Thomassin n'avait nulle ambition de servir de pâture à ces derniers.

L'après-midi était bien avancée lorsqu'ils parvinrent à un carrefour qu'un immense orme marquait. Une volée d'oiseaux noirs, dérangés dans leurs sinistres affaires, fuirent à leur approche. Le chemin de terre qu'ils empruntaient depuis la veille recoupait une route plus large sur laquelle on entrevoyait, dans les ornières creusées par les roues des charrois, quelques anciens pavés romains. Thomassin tendit le bras vers la gauche et indiqua au médecin :

— Par cette route, vous pourrez rejoindre Mulhouse et les bords du Rhin. Pour notre part, nous continuons sur ce sentier-ci. Nous devrions parvenir au bourg en amont du hameau où nous nous rendons aux environs de demain soir, si ta fichue mule veut bien avancer, Albrecht.

Le petit moine ne releva pas la pique et Thomassin poursuivit son propos.

— Si vous le désirez, nos chemins se séparent ici. Si vous souhaitez toujours nous aider, alors… vous pouvez vous joindre à nous.

Arnaud contint du mieux qu'il put son allégresse et

réprima un sourire.

— Grand merci, messire Thomassin, répondit-il en portant une main à son cœur. Je me fais une joie de vous épauler, si je le peux.

— Ne vous réjouissez pas trop vite, physicien, nous n'avons aucune idée de l'accueil qui nous sera réservé. M'est avis qu'il ne sera guère chaleureux.

Les trois hommes firent claquer leur langue et leurs montures s'élancèrent sur la voie boueuse qui, plus loin, grimpait vers les premiers contreforts des monts du Jura. Arnaud jeta un dernier regard à la *via* qui menait vers Mulhouse, ne sachant s'il prenait la bonne décision. Sa curiosité de scientifique l'emportait sur ses peurs et regrets et il reporta son attention sur l'étroit chemin qui serpentait devant lui.

Chapitre VI
Kirksberg

Thomassin avait bien calculé la distance qui les séparait du bourg de Kirksberg. Il semblait fermer la plaine, perdu dans une mer d'essarts douloureusement labourés attendant les semailles de printemps. Tout autour, de sombres forêts de résineux couvraient les premiers contreforts des montagnes qui s'élevaient en pentes douces et vallonnées, avant de se muer en des barrières de blocs calcaires qui coupaient l'horizon. Les sommets étaient pour le moment masqués par un épais brouillard grisâtre, mais l'on distinguait parfois les contours incertains de hautes tours de châteaux, gardiens de ces terres encaissées.

Thomassin scruta les maisons cossues qui se dessinaient dans le jour déclinant avec attention. Le bourg, bien que petit, paraissait dense tant les habitations étaient ramassées sur elles-mêmes, comme pour former un noyau dur et impénétrable. Il claqua de la langue et son cheval s'engagea dans ce qui semblait la rue principale. Bientôt, les pavés résonnèrent du bruit de leurs sabots. Il restait sur ses gardes, scrutant le moindre recoin sombre. La fumée des cheminées montait dans les airs, exhalant une bonne odeur de sapin et d'épices qui titillaient les narines. Les trois cavaliers parvinrent à un embranchement devant une fontaine dont l'eau était figée en une épaisse croûte glacée. Un mince filet s'écoulait encore dans le bassin de pierre. La nuit n'allait pas tarder à s'abattre sur les maisons et les nuits précédentes, passées sur les chemins et dans le froid se faisaient ressentir sur leurs pauvres organismes fatigués.

Un volet de bois claqua dans la ruelle. Une silhouette apparut, rasant les murs. Elle tenait un panier tout contre son coude.

— Holà! l'apostropha Arnaud sous le regard critique de Thomassin, une hostellerie existe-t-elle dans le coin, ma brave femme?

La forme humaine s'arrêta à bonne distance, méfiante. Pas un son ne sortit de sous le capuchon qui masquait son visage. Une main s'étendit en direction de la ruelle de droite, qui montait en pente douce.

— Grand merci, lança le jeune médecin que la situation semblait amuser. Voilà mes amis, nous allons pouvoir dormir à l'abri ce soir! J'ai grand-faim, besoin d'un toit sur ma tête et d'un bon feu pour réchauffer mes membres gelés!

Albrecht approuva avec lassitude.

— Les auberges ne sont-elles pas le meilleur endroit

pour attraper la pestilence, docteur ? grogna Thomassin, l'air sournois, coupant net l'élan de ses deux compagnons.

— Eh bien… Oui, sans doute. Mais je ne vois pas trace de cette dernière ici. Regardez, les rues sont plutôt propres et la populace, bien que suspicieuse, ne semble pas prête à sortir ses morts. Certains villages ont été presque épargnés. Nous en saurons plus lorsque nous nous présenterons à la porte de l'hostellerie, sans doute.

— Oui bien entendu, surtout si l'on nous met dehors à coup de fourche ! Ou pire encore !

— Vous êtes toujours aussi optimiste, Maistre Thomassin ?

— Prudent, c'est tout, répondit ce dernier en haussant les épaules, ouvrez donc la marche, puisque vous êtes si enthousiaste ! Je m'en voudrais de louper le spectacle lorsque ces gueux vous claqueront leurs volets au nez.

Arnaud éclata de rire et s'engagea dans la rue que la femme avait indiquée. Ils ne tardèrent pas à distinguer l'enseigne dans le jour qui déclinait. Une placette bordée d'arcades de pierre se dessinait devant eux. Au bout de celle-ci, un édifice massif, dont les pans de bois épousaient des voûtes construites en encorbellement, abritait l'hostellerie tant convoitée. Des colonnades et de hautes fenêtres géminées ornaient les deux étages qui s'élevaient dans le soir sombre, illuminées de l'intérieur par les flammes des bougies et des lampes à graisse. Ils mirent pied à terre et aussitôt, tel un fantôme dissimulé dans les ombres, un homme s'extirpa de sous la galerie et se planta, mains sur les hanches, devant eux.

— Que voulez-vous voyageurs ? les interpella-t-il, agacé.

— Une nuit dans cette auberge et un repas chaud. Nous sommes émissaires de l'abbé de Mittelsbach, en mission pour son compte. Nous ne portons pas la grande pestilence. Je me nomme Thomassin Von Knochen, là c'est Albrecht, moine et érudit et plus loin notre compagnon, Arnaud de Bonneville, physicien de la faculté de Montpellier.

Ils se découvrirent tous les trois et l'homme les scruta avec circonspection à la lumière vacillante des torches qui ornaient la devanture.

Il s'approcha, essayant de distinguer sur leurs traits un vague signe de fièvre, une brillance dans les yeux, une marque quelconque du mal sombre qui les frappait tous, sans distinction.

Une vaine précaution, songea Thomassin, mais si cela devait le rassurer, alors il se prêtait à cet examen bien volontiers.

— On n'a presque pas de pesteux, par ici, et on n'en veut pas, finit-il par leur asséner, j'suis dans l'obligation de vous faire voir par not' docteur.

— Ce ne sera pas utile, intervint Arnaud. Je suis moi-même médicastre, disciple de Maistre Gui de Chauliac. Je vous certifie que nous ne sommes pas malades.

Thomassin se mordit l'intérieur des joues pour ne pas imploser. Si Arnaud, avec sa langue trop bien pendue, venait à expliquer qu'il était médecin de peste, c'en était terminé de la nuit au chaud ! Le gardien afficha une mine prudente et se demanda si l'homme cherchait à le tromper ou non.

— J'vais le quérir quand même, il vérifiera si ce n'est point des menteries que vous racontez.

— Faites donc, mon brave, je vous assure que je peux le convaincre.

Ils patientèrent de longues minutes alors que les ombres de la nuit s'étendaient et qu'une humidité glacée envahissait la place, léchant les murs comme un monstre visqueux. Albrecht se mit à claquer des dents dans le vent coulis, et Thomassin lui asséna une bourrade.

— Cesse tout de suite, ou le médecin croira que tu es malade !

— Je ne peux pas m'en empêcher, geignit le jeune moine, j'ai bien trop froid !

C'est le moment que choisit le garde-chiourme pour reparaître, accompagné d'une longue figure de vieillard qui claudiquait à son côté. Arnaud prit son attitude la plus déférente possible. Il savait qu'il devait manœuvrer avec les anciens disciples de Gallien comme avec certains de ses professeurs, à l'université. Ils n'appréciaient rien tant que la flatterie.

— Le bon soir, cher Maistre, salua Arnaud, aimable, nous sommes navrés de vous faire tirer de votre agréable foyer pour sortir dans cet air glacial, surtout pour si peu de chose. Voyez-vous, mes compagnons et moi-même ne ferons pas escale bien longtemps en votre charmant bourg. Nous souhaitons néanmoins passer une nuitée à l'abri, vous sentez bien la froidure qui nous guette. Comme je le disais à… notre hôte, je me nomme Arnaud de Bonneville et je suis médecin diplômé de la faculté de Montpellier, disciple de Gui de Chauliac. Je puis vous garantir que nous ne portons ni bubons ni ne présentons de fièvre tierce ou quarte, signes avant-coureurs du grand mal noir.

Alors que Thomassin soupirait d'agacement devant la litanie du jeune docteur, l'autre resta silencieux. Il dévisagea le blond et plissa les yeux, ce qui démontrait la faiblesse de sa vue.

— Bien, bien. Montpellier, dis-tu ? Je me nomme Anselme de Kirksberg et je suis le physicien de ce bourg depuis de nombreuses années. Si tu es ce que tu prétends, tu ne verras aucun inconvénient à ce que je te pose une question banale ?

— Aucun, vénérable confrère.

— Bien. Alors voici, les poissons de roche préparés avec de l'aneth et des poireaux, du sel et de l'huile conviennent-ils aux patients atteints de fièvre ?

Arnaud sourit, c'était là un vieux problème qui avait engendré des querelles mémorables au sein des universités. Il prit quelques secondes pour réfléchir avant de se lancer.

— Le poisson frais, sous toutes ses formes, est considéré par Gallien comme froid et humide au troisième degré. Il viendra ainsi compenser facilement une fièvre élevée, qui est l'expression d'un excès de température corporelle, que le médecin doit faire baisser. Cependant, respectable savant, sourit-il, vous me tendez un habile piège en y adjoignant plusieurs éléments, dont l'aneth et les poireaux, qui, en tant que plantes, sont chauds et secs au troisième degré. Cela renforcera la chaleur du corps fiévreux et amènera à un déséquilibre entre sang et flegme. Enfin l'huile, chaude et humide, restera insuffisante pour compenser l'action des végétaux, même cuits. Je recommanderai donc du poisson de roche, mais préparé d'une autre façon, avec de l'orge grillée ou mieux, en bouillie, par exemple, qui est froid, sec et fort digeste.

Le vieillard contempla Arnaud et lui adressa un large sourire édenté.

— Bravo, condisciple, c'est tout à fait bien ! Seul un véritable physicien qui a suivi les enseignements d'Hippocrate peut venir à bout de cette énigme.

Il se tourna vers l'homme de faction qui commençait lui aussi à grelotter dans l'obscurité.

— Ces hommes disent la vérité, nul doute là-dessus. Tu peux leur donner une chambre, bien à l'écart de tes autres clients.

— Ça s'ra pas dur… C'est plutôt calme en ce moment.

— Fort bien, fort bien. Quant à vous, dit-il à Arnaud, je serais très honoré de vous accueillir sous mon toit pour cette nuitée ! Nous pourrons deviser des avancées récentes et des moyens de combattre ce fléau qui nous accable.

Arnaud esquissa une grimace qui se voulait un sourire et lorgna ses compagnons. Albrecht secouait la tête d'un air désolé, mais il crut lire dans les yeux de Thomassin une lueur amusée.

— Certainement, confrère, vous m'en voyez ravi !

— Alors, c'est entendu ! Allons, le bon soir, messieurs !

Il attrapa le bras du jeune médecin et se dirigea vers la rue adjacente, accompagné du rire de Thomassin qui se gaussait.

— Entrez, les invita le garde d'un ton peu amène. Ce soir, c'est lapin au vin rouge d'ottrott[18], en ragoût.

Le plafond voûté et bas couvrait une salle tout en longueur. L'homme avait raison, on ne se bousculait certes pas pour boire un godet ou goûter ce fameux plat de conil[19]. Thomassin dénombra trois convives éparpillés dans les recoins. Le tavernier leur indiqua une alcôve au fond où une table était dressée, encadrée de deux bancs. Une immense cheminée ornait un pan de mur, diffusant une chaleur bienvenue. Elle parfumait la large pièce d'une bonne odeur de résineux. Thomassin se débarrassa de son mantel puis jeta ses gants sur l'une des banquettes. Il s'assit en soupirant d'aise et frotta ses

------

18   Plus vieux cépage cultivé en Alsace.

19   Lapin.

mains gelées pour y relancer la circulation. Albrecht fit de même puis se pelotonna dans un coin. Il conserva sa cape, ses membres encore frigorifiés pris de soubresauts incontrôlables.

Une domestique qui s'occupait du service se porta vers eux d'un pas nonchalant. Elle balançait ostensiblement ses hanches généreuses pendant sa démarche et secouait son épaisse chevelure blonde. Thomassin ne put s'empêcher de jeter un regard appréciateur à son large décolleté. Il aimait les femmes girondes, comme la sienne avant que la maladie l'emporte. De superbes courbes épanouies, des fesses rebondies et un ventre accueillant, indice de bonne santé, réjouissaient sa vue, même s'il devait la plupart du temps se contenter de cela.

— Le bonsoir, mes beaux messires, qu'est-ce que ce s'ra, pour vous ?

— Le bon soir, la belle, lui répondit le chasseur avec entrain, nous prendrons chacun le plat que ton tavernier nous a si bien vendu, avec un pichet de ton meilleur vin.

Elle lui adressa un large sourire appréciateur.

— Va pour le pichet, mon tout beau ! Mais tu devrais donc ôter ton linge, tu seras plus à ton aise pour mangeailler.

Thomassin grimaça sous son écharpe et exhala un long soupir en défaisant le tissu qui dissimulait son infirmité. Il s'apprêtait à recevoir le regard de dégoût et de mépris habituel.

Contre toute attente, la jeune femme le contempla et

d'une main délicate, elle attrapa son menton pour mieux distinguer son profil intact. Elle sourit largement lorsqu'elle découvrit son nez volontaire, la courbe ferme de son menton et son œil perçant.

— Voilà, tu es bien plus beau comme cela !

Elle caressa doucement sa mâchoire aux angles saillants avant de le lâcher. Le contact de son épiderme contre le sien provoqua un long frisson dans le corps de Thomassin. Depuis combien de temps n'avait-il pas tenu une femme entre ses bras ? Des mois. Des années, peut-être. Le peu qu'il croisait fuyait tout de suite devant son visage ravagé, comme s'il incarnait la mort elle-même. Celle-ci ne semblait pas rebutée par son aspect. Moyennant quelques piécettes, il pourrait peut-être passer une bien meilleure soirée qu'espérée. Il lui adressa un sourire entendu.

— Et pour le mignon, qu'est-ce que ce sera ? demanda-t-elle en désignant Albrecht qui se réchauffait peu à peu.

— Un verre de lait chaud suffira, murmura-t-il.

Elle lui lança un regard amusé avant de s'éloigner vers le long comptoir de pierre derrière lequel le patron maniait ses poêlons et lèchefrites.

Elle revint quelques instants plus tard, les bras chargés de victuailles qu'elle déposa devant eux.

Elle portait aussi une demi-miche de pain de seigle à la belle croûte dorée et Thomassin s'empressa d'y tailler de grandes tranches à l'aide de son coutel.

Il se servit d'abord un gobelet et la saveur parfumée du vin épicé coula dans sa gorge tel un baume. Ragaillardi, il fit signe à la fille de ne pas s'en aller tout de suite.

— La pratique n'est pas nombreuse, ce jourd'hui.

— Pour sûr non, mon beau sire. Pendant la rude saison déjà, on trouve peu de voyageurs pour s'aventurer jusqu'ici. Alors, depuis qu'la pestilence a frappé la contrée, y a plus personne pour venir de Strasbourg ou d'outre-Rhin. C'est mauvais pour les affaires. En un sens, cela nous préserve de ce maudit fléau.

Elle se signa. Il opina du chef et attaqua à belles dents le pain préalablement trempé dans la sauce onctueuse, pendant qu'Albrecht dégustait son lait tiède.

— Qu'est-ce qui vous amène ici, vous autres? poursuivit la plantureuse soubrette.

— Nous sommes au service de l'abbé de Mittelsbach et c'est tout ce que tu peux savoir, ma jolie.

— Ah, bien! Je t'avoue sans mal que ça ne m'intéresse pas plus que cela… En revanche, susurra-t-elle d'un air séducteur, si tu cherches une agréable compagnie pour chauffer ta paillasse cette nuit, cela peut s'arranger…

Thomassin lui rendit son regard, excité par ce petit jeu auquel il n'avait plus participé depuis longtemps. Quel plaisir de ne pas se sentir, pour une fois, repoussé en raison de son apparence!

Elle glissa son corps un peu plus près du sien et il put respirer son odeur de femme, ses effluves de pain chaud, de graisse, de sueur, mais aussi de quelque chose de plus subtil, animal et exaltant. Il passa délicatement une main dans son dos et elle se laissa faire, charmée par la douceur de cette approche et le respect qu'on lui prodiguait, ce qui n'arrivait pas souvent. Les soudards qui fréquentaient le plus souvent les lieux ne s'embarrassaient pas de telles manières. Ils prenaient, et c'était tout.

Il remonta jusqu'à ses robustes épaules, dont l'une, habilement dénudée, exhibait sa blancheur de lait sous la lueur vacillante des torches.

— Ce petit jouvenceau se joindra-t-il à nous ? Plus on est de fous…

Enhardie par l'accueil qui lui était réservé, elle avança la main vers le visage rond et rouge d'Albrecht, qui baissa les yeux. Thomassin l'arrêta d'un geste vif et enserra son poignet avant même que ses doigts n'effleurent le moinillon.

— C'est tout à fait hors de question, grinça-t-il entre ses dents. Moi vivant, personne ne touche à Albrecht.

Ce dernier jeta un regard soulagé à son compagnon, la gêne imprimant sa marque sur ses joues en feu. La jeune femme esquissa une moue déçue et Thomassin s'empressa de la rassurer.

— N'aie crainte, belle enfant, je pense que tu auras amplement de quoi t'occuper avec moi !

Il l'attira à lui et la fit asseoir sur ses genoux. Il écarta le rideau pâle de sa chevelure et couvrit d'une pluie de baisers son cou tendre, tandis qu'elle renversait la tête en riant de plaisir.

Chapitre VII

« Lors, on assomma les Juifs »[20]

Le jour pointait à peine derrière les volets disjoints lorsqu'une clameur désagréable s'éleva jusqu'aux oreilles de Thomassin. Il grogna et enfouit son visage dans le cou parfumé de sa compagne d'une nuit pour tenter de profiter encore un peu de sa chaleur bienfaisante. Il la serra contre lui et enferma son sein galbé dans la paume de sa main, bien décidé à se rendormir. La rumeur s'amplifia et se mua en cris et invectives d'une telle force qu'il lui devint impossible de l'ignorer. Il repoussa les couvertures et fourrures de la paillasse, se redressa et se frotta les yeux tout en essayant de comprendre d'où pouvait provenir un vacarme pareil. Il se leva et, après de rapides ablutions, enfila chausses et vêtements avec force mauvaise humeur. Il terminait de nouer ses ceintures lorsque l'on frappa à la porte. Il

---

20   Mention du pogrom de Strasbourg, le 14 février 1349, dans les archives de la ville.

ouvrit pour découvrir dans l'encadrement un Albrecht déjà tout habillé.

— D'où vient ce vacarme assourdissant dehors ?

— Je ne sais, Thomassin, m'est avis que nous devrions nous en aller vite, à présent. Cette agitation ne me dit rien qui vaille… Retrouvons Arnaud et partons !

— Fort bien. Descends dans la grande salle, je t'y rejoins.

Albrecht jeta un œil réprobateur à la couche dans laquelle la jeune femme de la veille se prélassait encore, mais disparut sans commentaire. Thomassin rangea ses affaires dans sa sacoche, planta un baiser sonore sur l'épaule charnue qui dépassait des tissus. Il laissa deux deniers d'argent sur la planche disposée à côté du lit, entre un pichet et un tas de vêtements.

— Merci la belle, murmura-t-il à son oreille, avant de s'évanouir à son tour dans les ombres du couloir.

Arrivé en bas, il retrouva Albrecht qui en avait profité pour commander deux gobelets de lait et de grandes tartines couvertes de fromage caillé. Il s'aperçut qu'il n'était pas seul, Arnaud l'avait rejoint et devisait avec lui.

— Ah ! Maistre Thomassin ! l'accueillit-il d'un ton jovial, il semble que votre nuit a été bien plus agréable que la mienne !

Le chasseur s'abstint de lui envoyer la remarque cinglante qui lui montait aux lèvres et blâma une fois de plus Albrecht et sa langue trop déliée. Il s'assit pour entamer son déjeuner, non sans lancer au médecin :

— Au lieu de vous occuper de mes affaires, éclairez-nous, vous qui avez passé la soirée dans la ville. D'où provient tout ce tapage ?

— J'avoue ne pas avoir tout saisi moi-même, déclara Arnaud avec un geste d'incompréhension, ce fut surtout le prétexte que j'attendais pour délaisser l'ennuyeuse compagnie du cher docteur Anselme… je suis venu ici tout droit vous quérir.

Thomassin termina d'engloutir son pain et s'essuya les mains dans les pans de son mantel.

— Bon, allons voir, mais ne nous attardons pas. Je ne voudrais cependant pas que nous perdions trop de temps, nous devons partir au plus vite.

Les deux autres acquiescèrent et quittèrent l'auberge en vitesse. Thomassin, resté un peu en arrière, allait franchir la porte voûtée lorsqu'un craquement le fit se retourner. Au pied des escaliers qui menait à l'étage, la jeune fille lui adressa un signe de la main auquel il répondit par un clin d'œil avant de s'échapper dans la lumière grise du petit jour.

Au-dehors, leurs pas les guidèrent vite vers l'origine des cris. Dans une rue large qui menait vers l'extérieur du bourg, un spectacle désolant les attendait. Deux hommes gisaient en travers du pavé et un attroupement de citoyens les rouaient de coups de pied et de bâtons.

L'un des deux, le plus vieux, ne réagissait même plus, le visage tuméfié, les membres en sang. Il venait de perdre connaissance. L'autre gémissait faiblement et tentait en vain de protéger les parties sensibles de son corps avec ses bras. Ce lynchage en règle n'était pas le clou du spectacle pour autant. Derrière, la maison flambait de toutes parts, le bois craquant sous les langues des flammes qui montaient à l'assaut des poutres. L'incendie ronflait et ils en ressentaient le souffle ardent sur leur peau. Albrecht se signa devant cette vision de malheur et Arnaud, pourtant si prompt à se porter au-devant des dangers, demeura en retrait, le visage renfrogné.

— J'ai déjà vu cela, à Strasbourg, et j'ai ouï dire que plusieurs pogroms[21] ont eu lieu, en Allemagne et en France. Les *stadtmeister*[22] ferment les yeux, certains encouragent la chose. D'autres s'y opposent avec fermeté, mais sont bien vite mis sur le côté. Mieux vaut ne pas s'en mêler.

— Des pogroms ? Vous voulez dire que… souffla Thomassin.

— Que ces gens sont juifs, oui ! La vindicte populaire

---

21   Terme désignant un assaut, assorti de pillage et de meurtre(s), d'une partie de la population contre une autre, en particulier juive et généralement perpétré par des voisins.

22   Littéralement «maître de la ville», désigne la fonction et le titre portés par le premier magistrat ou régent d'une ville libre d'empire comme Strasbourg ou de la décapole. On trouve aussi le terme d'Oberstmeister dans les autres villes de la plaine d'Alsace.

s'est dirigée vers eux depuis l'arrivée de la pestilence. Les foules de citoyens les accusent des pires maux.

Comme pour confirmer les dires d'Arnaud, la clameur s'intensifia autour d'eux. Thomassin saisit au vol des bribes d'accusations que le vrombissement de l'incendie couvrait. Il tendit l'oreille vers deux matrones qui devisaient à l'écart. La rumeur prétendait que ces malheureux avaient empoisonné la fontaine du quartier.

— Calomnies classiques, lui souffla Arnaud. Sans fondements, bien entendu ; et surtout idiotes. La peste, je suis bien placé pour le savoir, n'épargne ni les juifs ni les chrétiens, pas plus que les riches et les pauvres. On dit même qu'elle frappe les sarrasins là-bas en Orient. Souiller quoi que ce soit, c'est se condamner soi-même. Tout ceci n'est que prétexte pour accaparer leurs biens. On en a arrêté plus de deux mille rien qu'à Strasbourg. Le bûcher a duré six jours entiers…

Albrecht leur lança un regard éperdu devant le terrible spectacle. Thomassin haussa les épaules et observa les brutes relever de force les deux malheureux et passer des fers autour de leurs membres meurtris. Le sort qui les attendait apparaissait sans appel. Les fagots de leurs bûchers étaient sans doute déjà empilés.

— Ne restons pas là, déclara Thomassin, l'air préoccupé.

Arnaud acquiesça et ils allaient quitter la place lorsque trois hommes se portèrent au-devant d'eux. Thomassin grimaça.

— Eh, les étrangers, pas si vite ! les interpella l'un des villageois.

— Que veux-tu ?

— D'où c'est que vous venez, vous autres ? Vous ne seriez pas des complices de ces maudits empoisonneurs juifs, par hasard ?

— Voilà bien une accusation des plus imbéciles, asséna Thomassin, ne vois-tu donc pas que notre compagnon est un moine ? Nous sommes émissaires de l'abbé de Mittelsbach !

L'inconnu lui lança un regard mauvais et scruta Albrecht. Ce dernier baissa la tête, sa tonsure reflétant les flammes qui dévoraient toujours la maison.

— Mouais… On cherche une puterelle, la fille de ces engeances-là. Vous ne l'auriez pas vue, par hasard ?

— Nenni. Nous avons passé une nuit à l'auberge et nous allions prendre nos affaires et partir.

— Ça vaut mieux pour vous, on n'a pas envie que des étrangers viennent porter la pestilence par chez nous, on a déjà assez à faire. Allez ! hurla-t-il à ses compains, dénichons cette traînée, qu'elle rejoigne ses pères !

Ils éclatèrent de rire et leurs faces agressives semblaient celles de démons, illuminées par le rougeoiement du feu qui consumait la demeure. Thomassin et ses compagnons tournèrent le dos au drame et s'en allèrent quérir leurs montures dans la petite étable de l'auberge, en évitant de se faire remarquer. Trois étrangers dans le village restaient des cibles faciles.

Albrecht allait s'installer sur la selle de sa bête lorsqu'il perçut un sanglot étouffé. Intrigué, il chercha du regard qui pouvait bien pleurer ainsi. Derrière une grosse botte de foin, il découvrit une jeune fille recroquevillée sur elle-même, une grosse besace à son côté. Elle leva vers lui de grands yeux bruns emplis de larmes et secoua la tête, comme pour lui signifier de garder le silence. Albrecht s'approcha, mais elle se recula vivement, l'air terrifié, les longues mèches de ses cheveux noirs dissimulaient son visage.

— Holà, Albrecht, tu traînes encore ! Allons, presse donc ta mule et quittons cet endroit ! le tança Thomassin.

Ne le voyant pas arriver, il se précipita dans l'écurie et fulmina contre le petit moine :

— Par Dieu, Albrecht, ce que tu peux être lent !

Il allait lui asséner un coup sur l'épaule pour le faire accélérer lorsqu'il découvrit son air désemparé et la silhouette qui se dissimulait dans l'ombre étendue du postérieur de Blandine.

— Par la sainte culotte de la vierge ! éructa-t-il devant un Albrecht outré. Qui est cette petite ?

— Je ne sais, je viens juste de la voir. Elle semble se cacher. Crois-tu que…

— La fille des juifs, bien entendu… voilà bien ma chance légendaire qui se manifeste encore !

— Vous en mettez un temps tous les deux, intervient Arnaud alors qu'il les rejoignait, avez-vous un problème ? Oh, s'exclama-t-il en découvrant la pauvrette qui tremblait de tous ses membres dans son mantel.

— Il n'y a pas de problème, souffla Thomassin, nous n'avons rien vu et nous partons !

— Non, Thomassin ! implora Albrecht, nous ne pouvons pas laisser cette enfant seule à la merci de ces enragés ! Tu sais bien ce qui l'attend, s'ils l'attrapent.

— Que veux-tu que j'y fasse ? Cesse de jouer les bons samaritains, Albrecht, une mission nous attend, je te le rappelle. Nous devons partir.

— Mais ils vont…

— Suffit ! Le mieux que l'on peut faire, c'est de ne pas la dénoncer et de la laisser se débrouiller. Si on nous voit sortir d'ici avec elle, bras dessus, bras dessous, c'en est fini ! Et ne pense pas que ta condition t'immunise contre la bêtise de tes semblables. Moine ou pas moine, tu termineras au bûcher, comme Arnaud et moi !

Albrecht recula sous la vindicte de son ami et il sentit les larmes lui monter aux yeux. Dieu ne pouvait laisser massacrer une innocente. Il devait trouver une solution.

— Je crois que j'ai une idée, déclara alors Arnaud.

Thomassin serra les mâchoires pour contenir sa colère, mais laissa le médecin exposer son plan.

Quelques instants plus tard, Arnaud quittait l'auberge, une étrange silhouette voûtée à ses côtés. Dissimulées sous une large couverture sale en guise de manteau, seules des mains dépassaient de cet accoutrement, enveloppé de longues bandes de tissus clairs.

Comme ils avançaient côte à côte, les citoyens qu'ils croisaient s'écartaient vivement de leur passage, une moue de dégoût sur le visage. Ils atteignaient presque les dernières maisons du bourg, lorsqu'une voix s'éleva dans leur dos.

— Halte là, vous autres !

Arnaud se retourna et affichant son plus beau sourire de façade à un homme courtaud, armé d'un grand coutel comme on en voyait chez les bouchers.

— Où c'est que vous allez comme ça ?

— Le bonjour, brave homme. Je me nomme Arnaud de Bonneville et je suis physicien. La famille de ce malheureux garçon m'a demandé de l'escorter hors du village, pour que son infection ne contamine pas tout le monde.

Le garde-chiourme fronça le nez et recula de quelques pas.

— Il est donc pesteux çui-là ?

— Je vois que vous êtes fort perspicace, messire. N'ayez crainte, cet infortuné est seulement un de ces *abjecti*[23]. Je le mène au lazaret le plus proche. Oh ! bien sûr, il dissimule son pauvre visage, déjà tout dévoré par la maladie, pour ne point choquer les braves gens. Il a d'ailleurs perdu son nez pas plus tard qu'hier…

À ces mots terribles, l'homme jeta un regard empreint de malaise à la silhouette encapuchonnée. Il allait leur faire signe de déguerpir quand il fut rejoint par l'un

---

23 Personne atteinte de la lèpre.

de ses compères.

— Oh, Bichet ! n'as-tu point vu la fille des juifs ? Il frôla des yeux Arnaud et son compagnon, l'air soudain suspicieux, vous, qui êtes-vous ?

Arnaud déglutit et s'apprêtait à débiter sa tirade, mais l'autre s'approcha dangereusement, scrutant son visage et ses longs cheveux bouclés avec avidité.

— On se connaît, non ?

— Nenni compère. Je ne suis arrivé en ville qu'hier et je repars aussitôt pour amener ce pauvre hère à la maladrerie…

— Il est donc lépreux, dis-tu ? Je n'ai que ta parole pour me l'assurer. Et la parole d'un étranger ne vaut pas plus que les déchets qui jonchent nos pavés !

Il s'approcha encore plus près et Arnaud sentit la sueur couler le long de son dos en un frisson glacé. À ses côtés, la silhouette ne broncha pas d'un pouce. Il afficha un sourire crispé et serra les poings. L'individu tendit une main calleuse vers le capuchon pour s'en saisir, lorsque d'une rue adjacente, un énorme vacarme retentit, suivi d'un cri.

— Par Dieu, par Dieu, à moi ! La juive, la juive ! Elle est là !

Les deux hommes se retournèrent aussitôt en direction de l'appel et, après un dernier regard dédaigneux envers Arnaud et son compagnon, se précipitèrent vers l'origine des hurlements.

Arnaud attendit qu'ils disparaissent au pignon d'une

des demeures et patienta un instant.

J'ai cru que c'en était fini ! songea-t-il. Il soupira et entraîna la silhouette toujours dissimulée sous les pans de son manteau de ladre qui balayaient le pavé, vers la sortie du bourg. Ils rejoignirent bien vite Albrecht, qui tenait Blandine par la bride et affichait un grand sourire satisfait.

— Tu as été parfait, mon ami ! Merci, car sans toi nous étions faits comme des rats !

— Je n'ai fait qu'appliquer ton plan, très intelligent d'ailleurs. Blandine aussi a eu l'air de s'amuser.

Arnaud lui adressa un clin d'œil.

— Tu m'en diras tant ! Elle devait être ravie qu'on l'autorise à distribuer des coups de sabot dans une porte. Bon, ne faisons pas languir Thomassin, il doit se ronger les sangs à nous attendre.

— Je ne crois pas, asséna le jeune moine, la mine sombre.

— Tu ne devrais pas te fier à ses paroles et ses rebuffades, cela ne reflète ni le fond de sa pensée ni le fond de son cœur. Il t'apprécie beaucoup, cela se voit.

— Il m'arrive d'en douter. Il est parfois si froid.

Arnaud secoua la tête, faisant rebondir ses boucles blondes.

— Tu le connais mieux que moi, mais je reste persuadé que c'est un air qu'il se donne. Il ne veut que ton bien et veille à ta sécurité, cela se voit. Allons. Quant à toi, demanda-t-il à la silhouette, n'ôte pas ton capuchon avant que nous soyons sortis du bourg.

Elle acquiesça lentement sous le manteau.

Albrecht soupira. Il ne pouvait s'empêcher de songer parfois que Thomassin ne voyait en lui qu'un instrument, un mal nécessaire pour mener à bien leurs missions. Dans ses moments de déprime, il se persuadait que ce dernier l'aurait déjà abandonné sur la route depuis bien longtemps, tel un caillou dans sa chausse. Pour autant, seule la présence de son compagnon de chasse parvenait à le rassurer tout à fait. À ses côtés, il se sentait plus fort, plus affirmé. Il espérait seulement que le chasseur remarquait ses efforts.

Ils franchirent une porte ménagée dans un vieux pan de remparts qui menaçait de tomber en ruine. La pestilence avait aussi emporté les maçons, grands voyageurs devant l'éternel. Il en manquait tant que les enceintes décrépites s'écroulaient autour des cités. Les maisons cossues laissèrent la place à de pauvres masures aux planches disjointes et aux murs suintants. À l'intérieur, d'anciens paysans de la glèbe venus chercher du labeur en ville élevaient péniblement porcs et brebis. Ils s'engagèrent sur la route qui sinuait dans le jour gris vers les hauteurs des monts du Jura.

Plus loin, à la croisée des chemins, sous un arbre immense dont les branches décharnées griffaient le ciel livide, Thomassin patientait. Il tapait du bout de sa chausse la terre roidie par le gel et scrutait la voie sans relâche. Les chevaux renâclaient derrière lui, attendant eux aussi le moment du départ. Bien qu'il ne voulût pas se l'avouer, l'angoisse lui serrait le cœur. Il espérait que le stratagème d'Arnaud allait fonctionner et qu'Albrecht s'en sortirait indemne. Il prenait conscience de l'importance du jeune moine, autant pour la réussite de leur mission que pour sa propre vie. Pour une fois, sa sécurité ne dépendait pas que de lui et cela le bouleversait plus qu'il ne voulait l'admettre. Son impuissance l'effrayait, lui si habitué à prendre toutes les décisions. Si Albrecht se faisait arrêter, il n'avait aucune idée de ce qu'il pourrait faire, ajoutant l'incertitude de l'avenir à sa peur de perdre le jeune moine.

Il finit par apercevoir trois silhouettes floues se découper dans le jour blafard et reconnut, juste derrière, la forme proéminente de Blandine. Il poussa un lent soupir où l'énervement le disputait au soulagement alors qu'ils le rejoignaient.

— Enfin vous voilà ! grogna-t-il.

— Nous n'avons pas été si longs tout de même, Thomassin, protesta Arnaud.

Ignorant superbement le médecin, ce dernier se tourna vers Albrecht. Il l'examina sous toutes les coutures, comme pour vérifier qu'il allait bien.

— Ne vous inquiétez donc pas, s'amusa Arnaud, il n'a rien. Et nous non plus d'ailleurs, merci de le demander !

— Partons, nous avons assez perdu de temps comme

cela ! grogna le chasseur.

Les deux hommes soufflèrent devant cet accueil, lorsqu'une petite voix fluette sortit de sous le capuchon de laine.

— Grand merci, messires, de m'avoir sauvée.

Albrecht lui adressa un large sourire.

— Nous sommes assez loin à présent, tu ne crains plus rien. Ôte donc tes oripeaux et reprends ton mantel.

La jeune fille s'exécuta en silence, dévoilant sa longue chevelure abondante et lisse sous le regard émerveillé du moinillon. Arnaud perçut son intérêt et s'en amusa. L'acharnement d'Albrecht à sauver la jeune juive ne tenait peut-être pas juste à la charité chrétienne.

— As-tu de la parentèle qui t'attend quelque part ? demanda Thomassin d'un ton abrupt.

— Mon père et mon oncle étaient la seule famille qui me restait. Les autres sont tous… sa voix se brisa à l'évocation de la fin terrible que les hommes et les femmes de son peuple avaient connue.

— J'aurais dû parier, maugréa-t-il dans son écharpe. Une bouche de plus à nourrir, un poids en plus à traîner !

— Ne sois pas méchant, Thomassin, elle n'y est pour rien. Et puis songe qu'elle pourrait nous aider, protesta Albrecht.

— Ah oui, et comment ?

— Eh bien, c'est une fille… et nous devons nous introduire auprès de celles qui nous attendent. Sa présence les rassurera et elles lui confieront peut-être des choses qu'elles n'oseront pas nous dire.

— C'est fort intéressant, mais cela ne me dit pas comment nous allons avancer à présent. Nous ne possédons que trois montures.

— La jeune fille peut grimper en croupe derrière moi, cela m'est égal. Elle n'a pas l'air de peser bien lourd, annonça Arnaud en lui adressant un sourire aimable, je suis certain que Blandine peut supporter sa sacoche. D'ailleurs, tu peux peut-être nous donner ton nom, mon enfant ?

— Sarah, je me nomme Sarah.

— Fort bien, Sarah, je suis Arnaud de Bonneville, médecin de la faculté de Montpellier…

— On le saura ! marmonna Thomassin d'un ton peu aimable.

— Le moine ici présent, c'est Albrecht et l'homme assez aimable que tu vois là s'appelle Thomassin Von Knochen.

La jeune fille leur adressa un pâle sourire, mais très vite ses traits reprirent leur expression triste et mélancolique.

— Ces présentations sont-elles bien nécessaires ? Nous n'allons pas demeurer ensemble bien longtemps. Menons-la à un bon couvent où l'on saura prendre soin d'elle et continuons !

— Je ne pense pas, hélas, qu'elle possède de quoi payer sur elle son entrée en religion… Et puis, vous oubliez ses origines.

Thomassin s'approcha du médecin et planta ses yeux d'ambre liquide dans les siens.

— Hors de questions de l'emmener avec nous ! Je ne connais pas les dangers qui nous attendent dans ce village ni les créatures que nous devrons y affronter, spectre ou autre. Je ne peux pas assurer la sécurité de tout le monde ! J'ai déjà du mal avec vous deux…

— Vous préférez la laisser sur les routes, à la merci des bourreaux de sa parentèle, ou pire de ces illuminés qui les jalonnent ? Pouvez-vous m'assurer que votre conscience ne vous tourmentera point si nous l'abandonnons à son sort ?

Thomassin le foudroya du regard.

— Fort bien, je cède encore. Mais je vous préviens, Bonneville, s'il lui arrive quoi que ce soit là-bas, vous en serez tenu pour seul et unique responsable, vous m'entendez ? Je m'en lave les mains !

Furieux, Thomassin se dirigea vers son cheval et grimpa prestement en selle, imité par Albrecht qui avait jugé plus sage de laisser Arnaud argumenter avec le chasseur bougon.

Ce dernier aida la jeune Sarah à s'installer à l'arrière de sa selle et une fois les deux perchés sur le joli coursier à la robe claire, ils se mirent en route.

Lorsqu'il parvint à la hauteur de Thomassin, Arnaud lui adressa un grand sourire.

— Le rôle de Ponce Pilate ne vous sied pas du tout, Von Knochen !

Le soir les trouva tous les quatre assemblés autour d'un petit foyer, sous les voûtes d'une chapelle en ruine. Albrecht, après avoir récité ses prières devant la pierre de l'autel fendue en deux par le gel et les intempéries, s'assit près de Sarah, qui regardait les flammes danser sans sembler les voir.

— Ne t'inquiète pas, lui murmura-t-il, Thomassin affiche un air dur, mais il n'est pas si méchant. Il menace et il s'emporte, mais il t'a acceptée, au final.

La jeune fille darda sur lui ses grands yeux sombres et humides et Albrecht sentit quelque chose remuer en lui. Son cœur se serra inexplicablement et ses joues s'enflammèrent soudain.

— Quel métier exerçaient donc tes parents dans ce village ? poursuivit-il, enfin… si tu as envie d'en parler, bien sûr.

— Nous vivions à Bergheim autrefois. Nous y avons passé de très heureuses années… mon père, et mon grand-père avant lui, faisait commerce des draps. Ils étaient aussi versés dans l'art de la lutherie, mais les corporations leur ont dénié le droit d'exercer cette activité. Après la grande tuerie de Strasbourg et les rumeurs qui nous sont parvenues de Colmar et Bergheim, mon père a jugé que nous serions plus en sécurité dans un bourg de campagne, que nous pourrions fuir plus facilement. Il n'avait pas prévu que…

Elle ne put continuer et réprima un sanglot qui montait dans sa gorge. Albrecht lui saisit la main avec compassion. Il la trouva petite, douce et glacée dans la sienne. Elle lui adressa un regard de remerciements, chassa une larme du plat de sa paume et continua :

— Et toi ? Raconte-moi, s'il te plaît, ça me permettra de penser à autre chose. Tu es donc moine ? Tu as toujours voulu devenir un homme de Dieu ?

Albrecht réfléchit un instant avant de répondre.

— Eh bien… on m'a trouvé devant la porte de l'abbaye de Mittelsbach lorsque je n'étais qu'un poupon. L'abbé m'a recueilli, enseigné… Dans un sens, oui, j'imagine que mon destin est de servir Dieu. Sinon, il m'aurait fait mourir.

— Tu as sans doute raison. Je dois dire que je t'envie. Tu sais ce que tu fais, où tu vas, ce à quoi tu te destines… Je croyais le savoir, mais aujourd'hui, toutes mes certitudes ont volé en éclats. Il ne me reste rien.

À nouveau, les pleurs envahirent ses yeux marron, cerclés de longs cils comme ceux des biches dans la forêt. Albrecht eut envie de la prendre contre lui, de lui murmurer que tout se passerait bien, même s'il n'en avait aucune assurance. Envahi par un sentiment d'impuissance, il se contenta de serrer un peu plus sa paume dans la sienne.

En face, assis sur un banc de bois réchappé de la destruction du lieu saint, Arnaud contemplait les deux jeunes gens, un léger sourire flottant sur ses lèvres. Il asséna un coup de coude à Thomassin, qui faillit renverser la poêle dans laquelle il brassait une demi-douzaine d'œufs pour leur repas. Le chasseur étouffa un juron à son encontre, mais le médecin n'en fit aucun cas.

— Vous avez vu ? lui demanda-t-il à voix basse, on dirait que notre ami Albrecht tente de consoler cette pauvre jeunette… Ils sont bien assortis, vous ne trouvez pas ?

— Il ne manquerait plus que ça, grommela ce dernier sans même lever le nez de son ouvrage.

— Ce ne serait pas la première fois qu'un moine tombe amoureux après tout ! Ils ont à peu près le même âge, n'est-ce pas ?

— La fille, je ne sais. Albrecht a environ dix-sept ans. Enfin, c'est ce que l'abbé m'a rapporté. Ce sera une simple passade de jeunesse. Puis, vous avez dû remarquer, il adore se porter au secours des âmes en détresse, des damnés de la terre, des pêcheurs invétérés… mêmes ceux qui ne peuvent être rachetés.

Arnaud comprit que le chasseur parlait de sa propre âme et cela l'intrigua. L'homme rechignait aux confidences, ne parlait jamais de lui-même et il se promit d'en apprendre plus. Sans lui prêter attention, Thomassin continua son discours tout en cuisinant.

— Ça ne sert à rien de s'attacher à qui que ce soit dans ce monde. À tout moment, la faucheuse emportera celui ou celle que vous chérissez et il ne vous restera que des larmes amères et un goût de cendres dans la bouche. Des cauchemars sans fin. Des regrets infinis.

Il s'arrêta, suspendant ses gestes, un pli douloureux barrant son front.

— C'est une bien triste façon de voir les choses, constata Arnaud. Ne pensez-vous pas que l'amour, même fugace, enfui ou douloureux, est un des plus beaux sentiments que l'on peut éprouver sur cette terre ?

— Croyez-moi, je parle d'expérience. Le trou béant que cela perce dans le cœur est une souffrance insondable que je ne souhaite à personne. Surtout pas à Albrecht.

— Vous tenez beaucoup à lui, n'est-ce pas ? murmura Arnaud.

— Il reste indispensable à la poursuite de nos objectifs, répliqua abruptement Thomassin, je dois veiller à ce qu'il ne subisse rien de fâcheux.

Arnaud songea que la mission avait bon dos, mais orienta la conversation sur les paroles que Thomassin avait laissé échapper.

— Vous parlez d'expérience, avez-vous dit ? Se peut-il… ?

— Que j'aie aimé, moi, le froid et hideux chasseur de spectre ? Je n'ai pas toujours arboré cette face effroyable que vous avez pu contempler. J'ai aimé, oui, d'un amour sans faille, pur. J'ai même été marié autrefois à la plus gracieuse et la plus douce des femmes qui se puisse trouver. J'ai vécu le bonheur indicible de se coucher auprès du corps chaud et doux de son épousée, l'âme apaisée.

De sentir le parfum de ses cheveux, de la tenir au creux de mes bras et d'entendre battre son cœur contre le mien tel un oiseau affolé. J'ai aimé, oui, et chaque jour je subis l'absence de cette passion, cette perte que rien ne sait remplacer. Chaque seconde, je souffre de ce manque absolu de ce qui fut et ne reviendra jamais.

Il déglutit et reporta son attention sur la poêle, évitant le regard du médecin.

— Je comprends, poursuivit Arnaud, mais vous ne pouvez priver les autres de leur propre expérience ou les empêcher de le vivre.

— Vous tirez des conclusions bien hâtives de ces simples échanges entre deux jeunes gens. Chercheriez-vous par hasard à éviter un sujet de conversation ?

Arnaud tiqua.

— Que voulez-vous dire ? Je ne saisis pas bien ce que je pourrais craindre d'aborder avec vous.

— Oh… trois fois rien. La véritable raison qui vous a poussé à quitter la faculté de Montpellier, par exemple ?

Arnaud le regarda, stupéfait. L'écharpe de Thomassin dissimulait toujours le bas de son visage et le grand sourire qui étirait ses lèvres. Il poursuivit à voix basse.

— Je vous ai pris pour un charlatan dès notre rencontre, je dois vous l'avouer. Puis, vous avez aidé ce pesteux à soulager sa peine, avant de répondre au physicien du bourg avec une certaine habileté. J'ai dû réviser mon jugement. Vous paraissez fin, bien éduqué et intelligent. De tels talents sont rares et je ne cesse de me demander pourquoi l'on ne vous a pas accordé une chaire. Le fait que vous choisissiez de façon volontaire de vous jeter sur les routes en pleine épidémie me semble peu plausible. Quelque chose ou quelqu'un vous y a poussé. Pourquoi ?

— Vous êtes très perspicace, Thomassin. Fort bien, j'avoue, si vous me promettez de n'en rien dire à Albrecht. Il me tient en haute considération et je l'apprécie aussi. Perdre son estime me peinerait beaucoup.

Thomassin jeta un coup d'œil au moinillon à travers les flammes, toujours absorbé dans sa conversation avec Sarah. Il acquiesça et encouragea le médecin à poursuivre. Arnaud soupira et entama sa confession.

— La pestilence a d'abord frappé dans les ports, à Marseille surtout. Des corps ont commencé à nous être apportés, avec l'autorisation du Pape, pour que l'on puisse les analyser et tirer un potentiel remède à ce mal nouveau. Ils arrivaient en trop petites quantités, trop abîmés pour identifier les divers stades de l'infection. Nos aînés, vous l'avez vu, ne jurent encore que par Gallien et jugent que c'est assez. Face à un tel fléau, croyez-moi, il convient d'innover, d'explorer, de prendre des risques ! Ignorant la morale, avec quelques amis, nous avons soudoyé un fossoyeur pour qu'il nous procure des cadavres frais.

Thomassin l'écoutait sans l'interrompre et si cette déclaration le dégoûtait, il n'en laissa rien paraître.

— Mes maîtres n'ont pas tardé à s'en rendre compte, ou bien on nous a dénoncés, je ne sais. Toujours est-il que l'un de mes confrères m'a prévenu et nous avons quitté nuitamment la ville pour gagner Avignon avant que l'on ne jette l'opprobre sur nous. Peu après, la peste a envahi le Languedoc et toute la Provence et a ravagé tout le pays. La suite, vous la connaissez.

Le chasseur contempla son vis-à-vis toujours sans mot dire. Son regard fixe, mais pénétrant, mit Arnaud fort mal à l'aise. Il se passa nerveusement une main dans la nuque, fourragea dans sa blonde chevelure et baissa la tête.

— Merci pour votre franchise, déclara enfin Thomassin. Le jeu en valait-il la chandelle? Avez-vous appris quoi que ce soit qui peut laisser entrevoir l'espoir de guérir de cette peste atroce?

— Hélas, non. Je n'en ai retiré qu'une seule chose : la certitude de vouloir aider mon prochain et pas uniquement servir les riches et les puissants.

— Ce n'est déjà pas si mal, à mon avis. Holà, vous autres, c'est prêt! cria-t-il en brandissant sa poêle dans laquelle une omelette dorée frémissait.

Chapitre VIII
Herzee-le-Haut

Où allons-nous?

La voix fraîche de Sarah s'éleva dans le matin brumeux alors que les quatre voyageurs pliaient et rangeaient leur campement de fortune.

— Tu verras bien, grommela Thomassin, toujours d'excellente humeur.

Il avait cauchemardé toute la nuit et le visage éthéré de son épousée dansait encore devant ses yeux ensommeillés.

— Dans un petit village au pied des monts du Jura, répondit aimablement Albrecht. Nous approchons, je pense.

— En effet, confirma Thomassin, et j'apprécierais que nous arrivions avant la neige. Allons!

Ils enfourchèrent leurs montures et progressèrent sur les pentes vallonnées des premiers contreforts jurassiens. Sur les crêtes en hauteur, les lambeaux de nuages, pareils à des linceuls, laissaient apercevoir les sommets enneigés. Plus qu'ailleurs encore, le printemps tardait à venir sur ces terres engoncées entre les chaînes de montagnes. L'été, lorsque les chauds rayons caressaient les coteaux couverts de vignes et de villages aux clochers en pointe, le Sundgau était une région agréable, un vrai pays de cocagne. L'hiver pouvait se montrer rude et même impitoyable sur la plaine comme dans les hauteurs isolées.

Peu importait à présent, puisqu'il restait si peu de bras pour vendanger et cueillir.

En haut d'une déclivité, Thomassin leur fit signe de s'arrêter. Le hameau se dessinait au fond d'une vallée, ses maisons groupées comme un troupeau de brebis suivaient la courbe de la rivière. Thomassin leva les yeux vers les falaises qui le surplombaient sur les hauteurs. Leurs flancs découverts et saupoudrés de blanc dévoilaient des chaos de roches nues, dans lesquels l'érosion sculptait des formes fantastiques et inquiétantes. Des monstres de pierre semblaient monter la garde sur les cimes, protégeant peut-être le trône de quelques démons.

Une arête grisâtre d'une taille cyclopéenne se détachait de l'ensemble et mordait la chair bleue du ciel. Thomassin songea que si un jour, sous le coup de la fureur des éléments, elle se séparait de sa paroi, alors le village tout entier serait broyé par les monceaux de rocs, englouti à jamais.

Il se secoua et chassa cette pensée macabre, avant de se retourner vers ses compagnons.

— C'est ici, annonça-t-il simplement. Herzee-le-haut.

Les trois autres semblaient tout aussi impressionnés que lui par le décor et ne prononcèrent pas un mot tandis qu'ils entamaient la descente vers leur lieu de destination. Les champs paraissaient abandonnés, là où le travail de labour aurait dû débuter.

Arnaud scruta les alentours dans l'espoir d'apercevoir une présence humaine, mais il n'y avait pas âme qui vive sur le sentier. Les habitants devaient tous se terrer dans les quelques demeures du village, ou dans la chapelle couronnée de son cimetière, attendant que le ciel leur tombe sur la tête. Il frissonna. L'atmosphère semblait lourde, presque palpable, comme si une aura sombre enveloppait la contrée. La lumière même paraissait affaiblie. Si des spectres hantaient ce village, alors c'étaient sûrement quelques âmes malveillantes et vindicatives. Il coula un regard vers Albrecht, juché sur Blandine, qui paraissait aussi ressentir ce malaise diffus. Il comprit alors que c'était de la peur. L'angoisse de se retrouver confronté au surnaturel autant qu'à l'hostilité de ces montagnards lui étreignit la gorge et il déglutit avec peine. Seul Thomassin, qui ouvrait la marche, demeurait imperméable à cette sensation oppressante.

Ce dernier se dirigea sans aucune hésitation vers la chapelle, dont le clocher, surmonté d'une croix noire, se détachait des fermes basses. Ils longèrent ce qui tenait lieu de rue, de larges chemins boueux et pleins d'ornières et de nids-de-poule.

Un mur peu élevé servait d'enceinte tout à la fois au modeste édifice religieux et au repos des morts. Ils laissèrent leurs montures à la grille de métal et s'engagèrent sur le sentier qui serpentait entre les sépultures. Un croassement les fit se retourner vivement. Une corneille fourrageait de son bec acéré dans la tourbe d'une tombe fraîchement creusée. Thomassin nota au moins quatre monticules récents dans l'humble cimetière, planté de croix de pierre grossièrement taillée. Le taux de mortalité avait dû surprendre la communauté, et l'on avait inhumé les corps un peu trop vite, par peur de l'épidémie. Au contraire du reste de la contrée, il restait encore de la place en terre consacrée pour les malheureux. C'était, quelque part, rassurant.

Ils pénétrèrent les uns derrière les autres dans la modeste église. Sarah marqua un temps d'arrêt avant d'en franchir le seuil. Elle se sentit soudain étrangère et hésitait, mais pour rien au monde elle n'aurait voulu demeurer seule à la porte sans ses compagnons, dans un village inconnu. Elle inspira et les suivit.

L'étroitesse de l'édifice la surprit. Les ans et la fumée des encens noircissaient les murs, pourtant ornés de fresques colorées. Une impression générale d'étouffement se dégageait de cet ensemble et oppressa la jeune fille. Elle se retourna vers ses camarades et, en dehors de Thomassin qui ne laissait rien paraître, Arnaud ne semblait pas plus à l'aise qu'elle. Albrecht, lui, se signa avec dévotion et baigna ses mains dans l'eau glacée du bénitier avec un soulagement visible. Il s'avança vers le chœur et s'agenouilla à même les dalles froides pour psalmodier quelques prières.

Thomassin exécuta un rapide tour de la chapelle et finit par dégoter, au fond, une porte de bois à laquelle il frappa sans ménagement.

Un homme émacié, aux yeux perçants comme ceux d'un rapace, ourlés de cernes noirs, se présenta devant lui.

— Qui êtes-vous ? Que venez-vous faire en ces lieux ? lui demanda-t-il d'un ton sec.

Pour toute explication, Thomassin dégagea le bas de son visage et exposa sa face déplaisante au représentant de l'Église qui ne put réprimer un mouvement de recul.

— Nous sommes les envoyés de l'abbé de Mittelsbach. Il a reçu votre message. Voici sa réponse.

Ses traits se détendirent aussitôt, comme si l'on ôtait soudain le poids du monde de sur ses épaules.

— Ah… je comprends. Dieu soit loué. Je suis le père Joseph, les salua-t-il, je ne vous espérais plus, je dois dire. J'ai pensé que notre message s'était perdu, que notre brave émissaire avait succombé ou alors… qu'il avait simplement profité de cette aubaine pour partir et ne plus jamais revenir.

Thomassin se retint d'annoncer que ce dernier croupissait encore au monastère, victime de la trop grande méfiance de l'abbé.

— Nenni, il a bien accompli sa mission. Je ne puis

vous assurer qu'il reviendra, en revanche.

— Bien entendu. C'est le cousin de l'une des deux jeunes filles dont je vais vous entretenir. Son épousée est décédée, il y a de ça un mois maintenant. Je doute que quoi que ce soit le pousse à rentrer, à présent.

Thomassin secoua la tête, en se remémorant les petits tas de terre fraîchement amassés, au-dehors.

Il se retourna alors et oublia que Sarah n'avait jamais vu son visage en entier. Elle étouffa un cri et joignit les mains devant sa bouche, les yeux écarquillés de surprise. Il n'en fit pas cas et adressa un signe à Arnaud pour qu'il aille relever Albrecht, toujours perdu dans ses prières sans fin. Ce dernier sursauta, avant de s'avancer vers le prêtre et de lui adresser un profond salut.

— Voici mon acolyte, Albrecht, moine de l'abbaye de Mittelsbach et érudit. Il nous sera d'une grande aide pour identifier le mal qui ronge votre communauté, avant… eh bien, avant que nous y mettions bon ordre.

Il tâcha d'afficher l'air le plus déterminé et confiant qu'il pouvait.

— Fort bien. Et qui sont vos autres compagnons ?

Soucieux d'épargner à ses oreilles la logorrhée habituelle d'Arnaud, qui s'était déjà rapproché, Thomassin prit les devants.

— Le sire de Bonneville nous accompagne, il est médecin et sa science nous sera d'un grand secours. La jeune fille se nomme Sarah.

Le prêtre acquiesça, portant sur le singulier quatuor

son regard acéré. Il ne posa pas plus de questions pour autant.

— Nous n'avons pas d'auberge ou d'hostellerie ici. Notre hameau est trop petit et nous recevons bien peu d'étrangers. Vous pourrez loger dans l'annexe du presbytère qui jouxte l'église, de ce côté. Je vous préviens, c'est une ancienne grange que j'ai aménagée pour les rares pèlerins. C'est loin d'être luxueux, mais il y fait chaud. En d'autres circonstances, je vous aurais adressé à l'*Oberstmeister*, mais…

— Mais ? demanda le chasseur, surpris.

— Il reçoit déjà en ce moment, acheva le père d'un air gêné.

Albrecht leva un sourcil avant d'intervenir.

— Vous venez de dire pourtant que le village n'accueillait jamais de visiteurs, ou presque.

— L'homme est arrivé hier. Je n'en sais pas plus sur lui. Je suppose que vous l'identifierez sans problème.

— Nous verrons, bougonna Thomassin, en attendant, il devient urgent que vous nous entreteniez de la situation et que nous rencontrions ces deux jeunes filles.

—Je vais vous montrer où vous installer et ensuite, je vous confierai toutes mes connaissances sur cette affaire.

L'annexe était assez large pour que chacun puisse disposer d'une paillasse propre et d'un coin où se reposer, s'ils parvenaient à trouver le sommeil.

Une fois leurs maigres effets rangés, ils rejoignirent le presbytère, où le père Joseph les accueillit avec un vin chaud aux herbes qui les rasséréna après leur froide chevauchée.

— Comme vous le savez, commença-t-il, notre village est, depuis plusieurs mois la proie de malheurs étranges.

— Quand cela a-t-il débuté exactement, pour vous ? questionna Thomassin.

— Tout le monde le date de cet automne, lorsque deux veaux sont nés, collés l'un à l'autre. Ils partageaient un seul et même corps, tout déformé, mais possédaient chacun une tête… une véritable abomination.

— Mais pour vous, ce n'est pas de cet événement que tout est parti, n'est-ce pas ?

— Non. C'était juste avant. Vers la fin de l'été, les moissons finissaient et l'on était encore assez loin de la Saint-Michel. Un orage terrible a éclaté et ce fut comme si la nuit tombait en plein jour. Les orages ne sont pas rares à cette époque et en montagne, ils peuvent être meurtriers. Mais là… la chaleur était écrasante depuis trois jours, avec dans l'air cette moiteur et ce goût de cuivre qui vous dessèche la langue. Les bêtes se réfugiaient dans les étables et les terriers, on n'entendait même pas une mouche voler. On avait l'impression que l'on avait jeté un sort sur la campagne. Au troisième jour, l'orage a éclaté. Un de ces orages de canicule où la pluie se fait attendre jusqu'au dernier moment. C'est cette nuit-là que j'ai été appelé pour administrer l'extrême-onction au petit Euric. Je suis arrivé bien trop tard. L'enfant était mort. Il n'avait pas plus de deux ans.

Thomassin fit la moue. Albrecht adressa un sourire compatissant au prêtre et lui demanda :

— Qu'est-ce qui vous fait dire que c'est la triste fin de ce petiot qui est à l'origine de tout cela ?

L'homme plongea ses yeux aiguisés comme les épines d'un buisson ardent dans ceux du moine.

— Euric était en excellente santé. Un gamin enjoué, gentillet. Il n'avait aucune raison de mourir aussi soudainement. Sauf par accident.

— Et ce n'en était pas un ? intervint Arnaud, dont la curiosité médicale s'éveillait.

— Non. Quand je l'ai vu… Seigneur — il se signa et Albrecht l'imita — il était tellement pâle, presque… blanc. Sa peau si rose d'habitude avait pris une teinte grisâtre, comme une viande qui commence à se putréfier. Nulle humeur ne s'écoulait de lui ni sang ni rien. Comme si, soudain, sa vie, tout son être, et jusqu'à son âme, avait été aspiré dans le néant infini. Une coquille vide et rien d'autre.

Arnaud fronça les sourcils et afficha la mine concentrée du praticien qui repasse, dans sa mémoire, les cas similaires qu'il a pu rencontrer. Rien ne lui vint.

— Le lendemain, poursuivit le père Joseph, Hannah faisait sa première crise. Ses parents ne se sont livrés à moi que sous le sceau de la confession. J'ai gardé le secret jusqu'à la mise bas de ce monstre de la nature dont je vous ai parlé. Peu après cette dernière, c'est Isabeau qui a fait une crise, au sortir de la messe, juste là, sur le parvis. Plus moyen de ne rien cacher aux autres. Puis les deux ensemble. Depuis, cela n'arrête pas.

— En quoi consistent ces fameuses crises ? Décrivez-les de la façon la plus précise que vous pourrez, demanda à nouveau Arnaud.

— C'est difficile à expliquer à ceux qui ne l'ont point vu, mais cela débute toujours de la même façon. Un long tremblement saisit la petite, des pieds à la tête, et elle tombe en pâmoison, où qu'elle se trouve. On la porte alors chez elle et, à son réveil, elle commence à hurler comme si on la coupait en deux. Elle dit ressentir des vagues de douleur atroce dans tous ses membres, elle se tord, se roule par terre, impossible de la faire tenir dans son lit.

— Combien de temps cela dure-t-il ?

— Cela dépend. Parfois quelques heures, parfois, des jours entiers… On ne peut pas les contenir et elles ne peuvent rien avaler… Quand cela se calme, c'est là qu'elles entrent dans une sorte de transe et qu'elles se mettent à proférer de terribles augures.

Le prêtre se signa, très remué à l'évocation des tourments qui touchaient les deux petites paroissiennes.

Thomassin lança un regard inquisiteur à Arnaud.

— Qu'en pensez-vous, Bonneville ?

— Cela peut ressembler au mal de Saint-Antoine, mais il est rare que ces crises se poursuivent des mois entiers. Sans les avoir vues, ce ne sont que pures spéculations de ma part, acheva-t-il, dubitatif.

— Ce n'est pas une affection connue, croyez-moi ! renchérit le prêtre, il y a chez elles quelque chose d'étrange, une malignité qui s'est installée. Une vipère a fait son nid en elles, de je ne sais quelle façon. Cela s'est étendu, tout le village est infesté, à présent. Vous sentez bien cette attente pesante dans l'air, cette inexplicable tension. J'ose à peine quitter l'enceinte de l'église, seul lieu encore épargné par l'engeance qui nous hante.

— Vous estimez que ces enfants sont possédées ?

— J'en suis convaincu, dit-il en serrant son crucifix à s'en blanchir les jointures.

Un long frémissement parcourut l'échine d'Albrecht. Il avait lui aussi ressenti cette menace qui planait sur ce hameau et qui ne devait rien à la pestilence qui rôdait. Les villageois pouvaient-ils être victimes d'une terrible malédiction, pire encore que la mort noire ?

Comme s'il lisait dans ses pensées, Thomassin se leva et lissa ses vêtements. Il en profita pour vérifier, par la même occasion, la présence des deux lames bénites à ses côtés et de la dague effilée dissimulée dans son dos.

— Il n'y a qu'une façon de s'en assurer. Nous allons rendre visite à ces jeunes filles. Conduisez-nous, père Joseph.

Le prêtre se signa encore, geste qui semblait désormais se joindre à tous ses mouvements ou presque.

— Fort bien. La première, Isabeau, loge non loin d'ici, chez ses parents. Quand vous sortez par le portail, vous tournez à senestre et c'est la seconde ferme que vous rencontrerez.

— C'est tout de même préférable que vous nous accompagniez pour ce premier contact. N'ayez crainte, nous vous protégerons.

Le curé pâlit.

— C'est que… je n'avais pas prévu de sortir. Comme je vous disais, j'évite autant que possible de quitter l'église. De plus, la nuit tombe dans moins de deux heures. Je n'ai aucune envie de me trouver dehors à ce moment-là. Personne ici ne sort plus passé le crépuscule.

Thomassin s'exaspéra de la couardise de l'homme de Dieu, mais insista. Il ne voulait pas risquer de se faire claquer la porte au nez.

— Ce ne sera que pour cette fois-ci. Les parents de cette enfant ne seront pas enclins à ouvrir leur porte à des étrangers, encore plus lorsque nous leur aurons expliqué que nous venons exorciser ces jeunes filles ! Vous savez comme moi que la procédure n'est pas sans danger…

D'un doigt, il désigna sa joue meurtrie, marque indélébile de la puissance de certaines âmes en peine, preuve irréfutable de la colère des créatures des ombres.

— Bien, bien, j'y consens. Mais je vous en conjure, rentrons avant que les ténèbres ne gagnent.

Thomassin acquiesça et se tourna vers ses compagnons de route.

—Arnaud, j'ai besoin de votre science pour m'assurer que nous ne sommes pas confrontés à un mal commun.

Et toi, Albrecht, tu devrais pouvoir procéder à une première purification des lieux. Si ceux-ci sont infestés, nous le saurons.

Il contempla Sarah d'un air circonspect.

— Toi, eh bien, fais comme tu veux. Tu peux nous suivre ou demeurer ici.

La jeune fille se rapprocha d'Albrecht, si près que celui-ci pouvait sentir la douce chaleur de son corps. Il tressaillit à nouveau, mais ce n'était pas de la peur. Un sentiment inconnu l'envahissait chaque fois que Sarah se tenait à ses côtés, lui parlait. Un sentiment qu'il ne parvenait pas à nommer, tout à la fois onde de plénitude et d'appréhension. Il secoua la tête pour se ressaisir et, tous les cinq, ils quittèrent l'abri de l'édifice religieux.

Au-dehors, le jour diminuait, et le ciel auparavant clair se couvrait de lambeaux laiteux qui assombrissaient encore les lieux déjà lugubres. Thomassin renifla, sentant le froid qui descendait des cimes escarpées et blanches. La neige n'était pas très loin. Un chien famélique croisa leur route et le pauvre prêtre sursauta, ses nerfs semblaient sur le point de lâcher. Ils atteignirent vite la maison de la jeune Isabeau, longue ferme robuste comme l'on en voyait dans les campagnes alentour. Thomassin poussa le curé en avant et ce dernier frappa brièvement à l'huis.

Un jeune homme aux bras démesurément musclés et à la face mangée par une fine barbe châtaine leur ouvrit. Il détailla les arrivants d'un œil suspicieux, mais se détendit quelque peu lorsqu'il reconnut son pasteur.

— Le bonjour, François. Ces personnes nous sont envoyées par l'abbé de Mittelsbach, auquel nous avons demandé son secours. Voici Maistre Thomassin Von Knochen, Albrecht, le jeune acolyte du prieur, un médecin, le sieur de Bonneville et une jeune fille. Ils souhaitent rencontrer ta sœur, si elle est en capacité de les recevoir.

Ledit François renifla et examina les trois hommes. Il ne fit aucun cas de Sarah et, sans dire un mot, il les laissa passer.

L'habitation était chichement éclairée par un foyer qui se tenait au cœur d'une grande cheminée de pierre et quelques lampes de terre cuite posées dans des niches. Thomassin demanda où se trouvait l'infortunée et son frère les dirigea vers le fond de la maison, où un maigre escalier de bois conduisait au seul et unique étage pratiqué dans les combles. Les hommes durent courber l'échine pour ne pas se cogner aux poutres.

Le plancher grinça alors qu'ils pénétraient dans la petite chambrée. Assise sur une escabelle, les jambes enveloppées de couvertures de laine et de fourrures épaisses, une jeune fille au visage exsangue, d'une pâleur spectrale, brodait délicatement une pièce de lin. Ses lèvres, d'un rouge carmin et ses yeux sombres, brillant comme si elle avait la fièvre, se détachaient sur sa peau diaphane. Le cœur de Thomassin rata un battement et il cligna des yeux pour chasser l'image de son adorée qui se superposait à celle de la malheureuse.

Il passa une main affolée sur sa face et laissa Arnaud s'avancer. Ce dernier empoigna un tabouret et s'installa auprès d'elle.

— Bonjour, petite. Je suis Arnaud de Bonneville, je suis physicien. Est-ce que tu me permets de t'examiner ? On me dit que tu souffres beaucoup.

— Pas ce jour, messire physicien. On dirait qu'il me laisse en paix.

Arnaud ne releva pas le « il », qui avait en revanche fait dresser l'oreille de Thomassin.

— Tu peux m'expliquer ce que tu éprouves, alors ?

— C'est plutôt d'abord comme un bruit, un bourdonnement dans mes oreilles. Il grossit, grossit, jusqu'à ce que je m'évanouisse. C'est après, quand je me réveille, que les douleurs se manifestent.

— Je vois. Ressens-tu plus la souffrance dans tes extrémités que dans d'autres endroits ?

— Non, messire, c'est dans tout le corps.

— Éprouves-tu des maux de ventre, d'estomac ?

— Pas plus qu'ailleurs. Quand le feu me gagne, c'est partout. La tête, le ventre, les bras, les jambes… partout.

Arnaud la contempla, un air concentré sur le visage.

— Je vais examiner tes mains, veux-tu ? Là, montre-moi ta paume.

Il retourna la petite main frêle dans la sienne, cherchant une tache, une ombre, le moindre signe de pourriture typique de la gangrène qui touchait les malades affectés par le feu de Saint-Antoine. Rien.

Il lui sourit gentiment et d'un coup sec, rabattit les couvertures pour dévoiler ses jambes maigres et ses genoux osseux sous sa fine chainse. Elle frissonna, sa peau soudain exposée à l'air frais de la chambre.

Arnaud se pencha sur ses pieds, les souleva, inspecta la plante lisse et rosée sans rien trouver. Il sortit alors de la petite sacoche qu'il portait au côté un stylet de métal aussi épointé qu'une aiguille à coudre. À ses côtés, François qui le surveillait avança vivement la main.

— N'ayez crainte, ce ne sera pas douloureux. Je veux juste vérifier quelque chose.

Il appliqua la lame effilée contre la chair tendre et aussitôt, Isabeau retira son pied d'un geste rapide. Ses sensations semblaient intactes.

Pendant qu'Arnaud interrogeait la patiente, Thomassin examinait les moindres recoins de la chambre. Sous une lampe, dans une alcôve, il trouva du sel et des herbes certainement bénites — sauge, romarin, laurier — disposés dans un récipient de terre cuite. Il soupira. Une bien maigre protection pour cette fillette. Plus loin, une médaille en argent, représentant il ne savait quel saint, était pendu à un crochet à proximité de la fenêtre couverte de papier huilé pour sauvegarder la pièce du froid. Il se tourna vers Albrecht et lui fit signe de s'approcher. Le jeune moine s'exécuta et Thomassin lui désigna l'appui de la croisée. Albrecht hocha la tête et, dégageant une fiole de verre opaque de sous sa coule, il répandit une petite quantité d'eau bénite à l'endroit indiqué, avant de prononcer un *pater*. Il fit ainsi dans toute la chambrée sans omettre un seul recoin. Si une entité s'attaquait à la fille dans cette chambre, le liquide consacré la ferait fuir ou amoindrirait son pouvoir. Arnaud acheva sa tâche et regarda les autres, un air d'impuissance sur son visage d'ordinaire jovial.

C'est alors que la jeune enfant fut prise d'une soudaine toux. Arnaud et son frère se précipitèrent vers elle, tandis que la quinte déchirante montait, amenant Isabeau au bord de l'asphyxie.

Sa figure devint écarlate et se couvrit de sueur tandis que l'étouffement la gagnait.

— Arnaud ! Aidez-la donc, elle va y passer ! hurla Thomassin.

Le médecin fit se lever Isabeau et, se plaçant derrière elle, renversa sa tête en arrière dans un geste désespéré pour dégager ses voies respiratoires. Ce geste n'eut pas l'effet escompté. Alors qu'elle toussait à s'en ouvrir la gorge, elle se plia en deux vers l'avant et expulsa un gros objet noir, luisant de mucus, sur le plancher de bois sombre.

Elle s'écroula alors dans les bras d'Arnaud et tenta de reprendre son souffle à grandes goulées, les yeux remplis de larmes. De longues traces de glaires claires maculaient son cou. Sarah se précipita vers elle et s'assit à ses côtés pour lui murmurer des paroles apaisantes. Elle caressa son front brûlant et Isabeau éclata en sanglots, le visage enfoui dans les longs cheveux bruns de la jeune juive.

Vif comme un éclair, Thomassin posa le pied sur l'objet qu'elle avait expectoré et ce dernier produisit un bruit écœurant d'insecte que l'on écrase. Il souleva sa botte pour découvrir un énorme scarabée dont les sucs verdâtres se répandaient, collant l'animal au cuir. Il esquissa une moue de dégoût.

— Je vous en supplie, souffla François en contemplant l'atroce bestiole, venez-lui en aide. Faites cesser ces horribles tourments !

Thomassin le regarda et plaça une main sur son épaule.

— Nous devons rendre visite à l'autre jeune fille. Mandez-nous sans délai si jamais quelque chose se produit, nous logeons au presbytère. Nous ferons tout ce qui est en notre pouvoir.

— En attendant, conseilla Arnaud, donnez-lui uniquement des nourritures liquides ou des bouillies, de l'orge de préférence. Cela aidera à absorber ses humeurs.

Le jeune François acquiesça en tremblant de tous ses membres et salua les étrangers.

Toujours suivie par le prêtre pris d'une inquiétude palpable devant le jour qui disparaissait derrière les crêtes, la petite troupe quitta la maison pour se diriger vers l'habitation de la seconde jeune fille, Hannah. La demeure était située à l'autre extrémité du hameau, légèrement à l'écart. Alors qu'ils parvenaient à la porte de la masure, Thomassin se figea. Sans crier gare, il longea avec rapidité l'un des murs de pierre pour fondre sur une lourde silhouette dissimulée sous un grand mantel de velours noir et un chapeau à larges bords.

Il emprisonna avec brutalité le poignet droit de l'homme qu'il venait de surprendre et tordit son bras tout en le plaquant contre le mur.

— Pourquoi nous suivez-vous ? Qui êtes-vous ? gronda-t-il.

Les autres les rejoignirent l'air inquiet devant cette algarade.

— Je ne ferais pas cela, si j'étais vous, déclara l'inconnu.

Pour toute réponse, Thomassin resserra sa prise et dégagea une lame de sa main libre pour en exhiber le fer gravé de latin sous le nez du mouchard.

Ce dernier esquissa un fin sourire et ses pupilles foncées luirent d'un éclat pourpre irréel qui fit reculer les trois compagnons du chasseur. Thomassin ressentit soudain une vive douleur au creux de sa paume et lâcha prestement l'homme. Le juron qui franchit ses lèvres fut si sacrilège qu'Albrecht et le curé se signèrent. Il s'écarta de l'étranger alors que son épiderme brûlé rougissait et se tapissait de cloques translucides.

L'inconnu se redressa et les contempla de toute sa hauteur, ajustant son couvre-chef et posant sur chacun d'entre eux ses yeux redevenus presque noirs. Au creux de ses mains, de fines flammes rougeoyaient encore.

— Voilà qui est mieux, constata-t-il, nous allons pouvoir discuter comme des personnes civilisées.

— Cette démonstration de force ne nous dit pas qui vous êtes et pourquoi vous nous suivez, déclara Arnaud tout en badigeonnant la peau de Thomassin de baume.

— C'est pourtant évident, répondit Albrecht d'un ton qu'il voulait ferme, c'est un sorcier !

— Allons, tonna l'autre, vous m'insultez à présent ! Vraiment, quel manque de savoir-vivre !

— Il me semble vous avoir déjà demandé qui vous étiez ! cria Thomassin.

Il écarta le médecin avec humeur et se planta devant la face ironique de l'inconnu, prêt à en découdre à nouveau.

— En effet… mais vous n'avez pas eu l'heur de me le demander poliment ! lâcha le mage, enfin, vous avez au moins appris quelque chose à vos dépens, c'est que l'on ne m'offense point sans en subir les conséquences. Rien de mieux que l'expérience pour retenir une leçon. Quant à mon nom, vous m'appellerez Otto.

— Bien, Otto, maugréa Thomassin, que faites-vous donc ici, en dehors de nous espionner et d'exhiber vos pouvoirs comme un saltimbanque sur une place de marché ?

L'étranger sourit derechef et les toisa. Ses pupilles étrécies dans son visage long et fin ressemblaient à celles d'un serpent.

— Mais la même chose que vous ! Je suis en mission pour quelqu'un. Quelqu'un que la situation à Herzee-le-haut préoccupe au plus haut point.

— Nous sommes mandés par l'abbé de Mittelsbach pour mettre bon ordre à tout cela et sauver ces pauvres enfants. Je suis Thomassin Von Knochen, le chasseur de spectre. Vous pouvez retourner auprès de celui qui vous a dépêché ici, nous nous en occupons.

— Celui qui m'envoie ne saurait se contenter de la parole d'un moinillon et d'un chien de garde. Il attendra le rapport de son mage le plus puissant.

Thomassin serra les poings sur sa peau cloquée et retint une grimace de souffrance.

— Vous faites une drôle de compagnie, poursuivit Otto en lissant sa courte barbe foncée. Un homme de Dieu, un grand pécheur, un médecin de peste et… il scruta longuement Sarah qui se tenait en retrait, comme s'il pouvait lire dans ses pensées, une jeune orpheline, oui. Très étrange. Je loge chez l'*Oberstmeister*, bien que ce titre soit usurpé dans un village pareil. Prévenez-moi sans attendre si vous apprenez quelque chose.

— Vraiment ? Et en quel honneur ?

— En cet honneur-là ! asséna-t-il en exhibant l'énorme parure d'un annel sigillaire ornée d'un aigle à deux têtes[24], qui enserrait son annulaire droit.

Un grenat aussi rouge que le sang étincelait en son centre, rehaussé par l'éclat mat de l'or.

Arnaud baissa la tête devant les armoiries alors que le père Joseph reculait comme si on lui avait porté un coup, suivi de près par Sarah et Albrecht. Thomassin se crispa.

---

24 Armoiries du Saint Empire romain germanique.

Si le Saint Empire venait à se mêler de ce type d'affaires, ils ne pourraient plus travailler en paix !

— C'est bien ce que je pensais… murmura Otto, un air satisfait sur le visage.

Les pans de son immense mantel s'enroulaient autour de sa longue silhouette telle une traîne noire alors qu'il les quittait.

Thomassin cracha ostensiblement derrière l'envoyé du Saint Empire, y mettant tout le mépris qu'il ressentait pour ce serviteur du puissant monarque. Il détestait les mages, il détestait les nobles, alors un mage au service des nobles ne faisait qu'attiser la colère qui brûlait sans cesse en lui. Ce fouineur risquait fort d'entraver leur enquête. En tant que citoyen d'une des cités libres d'empire, Thomassin ne goûtait que peu le joug des nobles et des seigneurs qui n'avaient toujours apporté que querelles de territoires et guerres d'orgueil. Les cités de la décapole, qui s'affranchissaient de jour en jour de cette tutelle, prospéraient toujours plus, et ce malgré la pestilence. Tout comme elles, Thomassin n'entendait pas reconnaître d'autre autorité que celle du Très-Haut.

— Ce gêneur va nous empêcher d'œuvrer ! Je vous préviens, dit-il en s'adressant à ses compagnons, je vous interdis d'aller le trouver, quoi qu'il se passe !

— Ce mage, murmura Albrecht, a beau se prévaloir du service d'Empire, il n'en reste pas moins un sorcier. On ne peut lui faire aucune confiance.

Il frémit à cette évocation, se souvenant du feu

étrange de ses yeux.

— Je vous le répète, n'allez pas lui parler ou lui rapporter quoi que ce soit. Il est bien pire que je ne le suis.

Sur ces paroles, Thomassin se dirigea à grandes enjambées vers la porte de la maison et cogna du poing sur le bois.

Une femme aux traits fatigués, un fichu taché sur les cheveux vint lui ouvrir. Elle recula dans la pénombre à la vue du chasseur, sa haute taille et sa mine patibulaire. Le père Joseph accourut.

— Ce n'est rien, Maritza, n'aie nulle crainte. Ces gens sont des envoyés du bon abbé de Mittelsbach. Ils sont là pour aider Hannah.

La femme s'adoucit et, devinant la silhouette d'Albrecht, elle se précipita vers lui pour embrasser le bas de sa coule. Elle tendit les mains vers son crucifix dans une posture de dévotion extatique.

— Oh, saint homme, je vous en conjure, soulagez ma fille ! Délivrez-la du mal qui la ronge ! Ces crises… Je n'en peux plus, je n'en peux vraiment plus !

Elle fondit en sanglots au pied du moine et Sarah se porta à son secours pour l'aider à se relever.

— Calmez-vous, nous sommes là, à présent, tout ira bien, je vous le promets, lui murmura Albrecht d'un ton plein de compassion. Allons, menez-nous à Hannah.

La petite troupe pénétra dans la maison, bien moins cossue que celle d'Isabeau. Le toit, bas et noir de fumée, présentait çà et là des trous dans son chaume qui devait laisser passer les intempéries. Une seule grande pièce servait tout à la fois de cuisine, de salle commune et de chambrée. Au fond, dans un lit aux montants de bois, collé à un mur, une jeune fille encore plus blafarde qu'Isabeau était étendue. D'une maigreur de squelette, les lèvres desséchées, elle dardait sur les nouveaux venus un regard morne et vide, sans aucune expression. Thomassin sentit une grande pitié grimper en lui. S'ils ne parvenaient pas à lui venir en aide, d'une quelconque façon, elle n'en avait plus pour très longtemps.

Chapitre IX
Post lux, tenebras [25]

Thomassin fit rapidement le tour de la maigre habitation. Ici, pas de sel ou d'herbes, pas de médailles de cuivre ou autre ex-voto pour éloigner le démon et ses sbires. On comprenait vite que la maisonnée était bien moins prospère que celle d'Isabeau. La différence frappa Thomassin. Deux jeunes filles de même âge, mais si dissemblables subissaient un sort pourtant identique. Cela lui rappelait cette peste qui touchait tout le monde, sans distinction.

Un maléfice était à l'œuvre comme chez la précédente, il le sentait. Mais lequel ? Personne pour témoigner d'apparitions spectrales, de coups violents, d'attaques d'esprit. Rien que ces étonnantes manifestations corporelles et ces prophéties, dont, pour le moment, ils n'avaient eu que des ouï-dire.

---

25   Après la lumière, les ténèbres. (locution inversée en temps normal : après les ténèbres, la lumière. C'est aussi la devise de la ville de Genève)

Il fit signe à Albrecht, tandis qu'Arnaud examinait la pauvre Hannah comme il l'avait fait avec Isabeau auparavant.

— Que penses-tu de tout cela ?

— Je ne sais, souffla le moine, je ne ressens pas les choses comme d'habitude, c'est étrange. Pourtant il y a bien quelque chose, regarde l'insecte qu'Isabeau a craché devant nous.

— As-tu remarqué que cela s'est produit lorsque tu as béni la maison ?

Une lueur s'alluma dans les yeux d'Albrecht. Thomassin avait raison.

— Recommence, veux-tu ? lui demanda le chasseur, bénis bien tous les recoins, j'ai l'impression que quoi que soit cette force, maléfice ou démon, elle est bien plus intense ici.

Albrecht acquiesça et s'empressa de s'exécuter à l'aide de ses fioles et de ses prières. Pour faire bonne mesure, il sortit de son écrin de tissu le doigt de saint Théodulfe. Il le présenta d'abord à la mère, qui tomba à genoux en sanglotant, un air béat sur ses traits, puis enfin, à la fille.

Thomassin n'avait pas anticipé ce qui se passa alors et, plus tard, tandis qu'il se souviendrait de ce moment, il en frémirait encore.

Sitôt que la relique eut effleuré ses lèvres, Hannah se plia en deux sur sa couche en hurlant. Sarah et Arnaud reculèrent sous la surprise.

— Oh non, non… murmura Maritza, Dieu du ciel,

cela recommence.

Elle joignit les mains et se mit à psalmodier entre deux sanglots. Albrecht ne se laissa pas démonter et entama un *Veni Creator Spiritus* [26] d'une voix ferme pour tenter de couvrir les cris rauques de l'infortunée.

Soudain, celle-ci cessa de mugir et se redressa, les yeux rougis, les paumes plaquées sur son abdomen comme si la douleur en irradiait. Arnaud en profita pour s'approcher et tâter son pouls avant de reculer en se tenant la main. La petite l'avait griffée jusqu'au sang. Elle darda sur lui un regard affolé et secoua la tête pour signifier que ce n'était pas sa faute. Ses globes oculaires se révulsèrent et son corps se souleva d'un coup sec. Une aura inconnue et surhumaine s'était emparée d'elle, la tordait comme un roseau sous le vent. Tout son être s'arc-bouta et les couvertures glissèrent à ses pieds, dévoilant son corps décharné. Prise de convulsions et de spasmes incontrôlables, elle se pliait d'avant en arrière, se tordant dans des postures impossibles. Malgré la griffure, Arnaud se précipita sur elle et tenta, à la force de ses bras, de la contenir sur le lit qui menaçait de craquer. Thomassin se joignit à lui et banda tous ses muscles. La puissance de la résistance le surprit. Hannah était si frêle, comment pouvait-elle empêcher deux hommes costauds et en pleine possession de leurs moyens de la maintenir ?

Rien à faire, le petit corps continuait de se tortiller en

---

26 «Viens, Esprit Créateur», hymne religieux composé au IXe siècle.

tous sens, comme une larve brutalement mise au jour. Le craquement sinistre de ses os résonna aux oreilles de Thomassin et ce dernier pria pour que ce soit vite terminé, car sinon elle allait y rester. La lutte rageuse et écumante dura plusieurs minutes, puis l'enfant retomba d'un seul coup sur les draps défaits, la respiration sifflante, les membres en feu, couverte de sueur. De larges marques bleuâtres parcouraient ses jambes et un mince filet de sang coulait de ses lèvres entaillées, stigmates de son martyre.

Thomassin et Arnaud la lâchèrent et échangèrent des coups d'œil incrédules. Albrecht acheva son chant, et le calme revint dans la chaumière.

L'hébétude et le soulagement les gagnèrent. Sarah s'approcha d'Hannah avec un linge humide et lui baigna le front et les poignets. Lorsqu'elle passa le tissu sur le visage brûlant de la jeune fille, celle-ci releva brusquement la tête et jeta un regard fiévreux sur Thomassin. Une voix étrange, gutturale et caverneuse, qui n'avait rien de celle d'une enfant, jaillit de sa gorge. Elle leva une main osseuse dans sa direction :

— Ce que tu cherches, chasseur, se trouve ici, mais pas là. C'est dans les ténèbres, tout autour de nous. Tu peux tenter de résister, tu n'y pourras rien. Il t'appelle. Il te veut. L'ombre s'étendra, le soleil disparaîtra et la peur, oui, la peur envahira les cœurs. Soyez tous maudits… Rien ne viendra plus vous sauver.

Sa nuque s'abattit en arrière alors qu'un rire aussi

sinistre que le grincement d'une poulie rouillée s'échappait de sa gorge.

Elle retomba sur son oreiller, inconsciente. Les quatre compagnons se regardèrent alors que le père Joseph tentait de réconforter Maritza dont les sanglots ne tarissaient pas. Ce dernier leur jeta un regard implorant et pointa du menton le jour qui diminuait à l'extérieur pour leur signifier que le temps s'écoulait. Désorienté, Thomassin hocha la tête et fit signe à Albrecht de terminer prestement. Ce dernier, transi de peur, exécuta une simple prière.

Arnaud donna, d'un timbre morne, quelques conseils à la mère éplorée et tous se dirigèrent vers la sortie dans un silence de mort.

Thomassin retrouva avec plaisir l'air vif du dehors, qui lui fit l'effet d'un baume sur son front, chassant les miasmes de la masure.

Le jour jetait ses derniers feux et embrasait le ciel d'une lueur d'incendie. Le père Joseph se signa derechef et s'engagea, presque en courant, sur le chemin de l'église. Ils allongèrent le pas pour regagner le presbytère avec lui. À leur passage, les volets de bois claquaient et les habitants qui traînaient encore à l'extérieur se retranchaient derrière les murs de pierre, comme dans une cité en état de siège.

Thomassin dut bien admettre que la vue de la croix qui coiffait le petit clocher pointu lui procura un apaisement nouveau. Ce n'est qu'une fois à l'abri de l'enceinte que la tension dans ses épaules se relâcha enfin. Il contempla les trois autres et constata le même effet chez eux. Arnaud s'assit sur l'un des tabourets de la chambre qui leur était allouée et poussa un soupir à fendre l'âme. Pendant ce temps, Sarah raviva le feu et le foyer dégagea bientôt une douce chaleur. Elle alluma un brasero dans un coin non loin des couches et revint auprès d'eux. Arnaud fourragea dans son épaisse toison blonde, avant de lâcher un juron sonore.

— Je suis obligé de vous le dire, mes amis. Je n'ai aucune idée de ce dont souffrent ces petites. Certains symptômes ressemblent au mal des ardents, d'autres à un genre de consomption, d'autres encore sont inconnus. Cette force qui habitait Hannah, c'était incroyable. Je n'ai jamais vu cela.

— Moi non plus, approuva Thomassin, l'ambiance qui règne dans ce village est si singulière. S'il ne s'agissait que de deux pucelles enfiévrées, les gens n'auraient pas aussi peur.

— Que dire aussi de l'intérêt manifeste du Saint Empire pour le hameau, ajouta Albrecht, celui qui se fait appeler Otto ne se déplacerait pas pour si peu !

— Tu as raison sur ce point, ce qui me fait dire que toute cette affaire n'est pas ce qu'elle semble être. D'étranges forces sont à l'affût ici.

— Et les paroles de la jeune Hannah, qu'en pensez-vous ? demanda Sarah d'un timbre éteint, cette voix… j'en ai encore des frissons.

— Je ne sais, elle est peut-être folle… ou pas. Mes amis, je vous conseille de prendre du repos. Demain est un autre jour, nous y verrons peut-être plus clair après une bonne nuit de sommeil, dans un endroit chaud et sec.

Les autres acquiescèrent et tous gagnèrent leur lit respectif.

Thomassin dressa l'oreille dans la pénombre à peine éclairée par la lueur des braises. Il guetta la lourdeur des respirations, le léger ronflement qui s'échappait de la couche d'Arnaud et se redressa. Il patienta assis dans le noir, avant de se lever et d'enfiler bottes et mantel, sans oublier de ceindre ses lames.

Alors qu'il passait devant la paillasse d'Albrecht, il vit que celui-ci le regardait avec insistance. Il lui adressa un clin d'œil complice, remonta son écharpe sur le bas de son visage et sortit dans l'obscurité glacée sans faire plus de bruit.

Un silence de mort régnait sur le hameau. Il distinguait à peine les silhouettes basses des petites maisons. Dans le ciel, tel un œil dans une orbite claire, la lune à son dernier quartier luisait, auréolée d'étoiles au scintillement lointain. Thomassin se glissa, ombre parmi les ombres, le long du muret qui clôturait l'enclos formé par l'église et le cimetière. Il ne s'attarda pas à contempler les tombes, enveloppées dans un linceul de brume épaisse. Il scruta les alentours de son regard exercé, mais nulle âme qui vive ne traînait dehors à cette heure, et le service du guet semblait abandonné depuis longtemps.

Il gagna d'un pas rapide et souple la maison d'Isabeau. Ayant repéré un petit appentis sous lequel la famille entreposait bois, tonneaux et paniers vides, il se dissimula et attendit. La nuit déroulait son immuable ruban sans que rien, pas même l'aboiement d'un chien, ne vint en troubler le silence. Il commençait à trouver le temps long et se dit qu'il allait finir par geler sur pied lorsqu'un son étrange déchira les ténèbres. Une sorte de chuintement, suivi d'un grattement se fit entendre. Thomassin distingua une vague silhouette près de la porte de la demeure d'Isabeau, mais ne put en saisir tous les contours rendus flous par la distance et le noir. Il retint cependant sa respiration et tendit l'oreille autant qu'il pouvait. Le bruit sembla diminuer, comme si la chose s'éloignait à pas lents et lourds. Quoi que ce fût, Thomassin en déduisit qu'elle ne pouvait pénétrer dans la maison, sans doute grâce aux bénédictions prononcées par Albrecht. Il hésita à sortir de sa cachette pour suivre l'ombre étrange et finit par s'élancer à ses trousses en restant toutefois en arrière. Puisqu'il n'avait aucune idée de ce que cela pouvait être, autant ne pas courir de risques inutiles. Il comprit vite que la créature inconnue se dirigeait vers la chaumière où vivait Hannah. Il étouffa un juron dans le tissu de son écharpe. À l'inverse de la maison d'Isabeau,

Albrecht n'avait pas procédé à la bénédiction des portes et fenêtres. Ils avaient été pressés par le prêtre et troublés par les événements, avaient omis de le faire. Il se mordit la langue de cette bêtise et espéra qu'elle ne coûterait pas la vie à la pauvre enfant.

Il vit soudainement la silhouette recourbée se détacher sur le fond bleu sombre du ciel nocturne et une sueur glacée glissa le long de son échine. Il eut l'intuition que la forme animée était dénuée de toute trace d'humanité. Sa façon de marcher, de se tenir dans la nuit complice qui dissimulait sa véritable nature ne lui remémorait aucun des êtres vivants qui parcouraient ce monde. Un instinct profond lui dictait le besoin impératif de fuir, non seulement l'endroit, mais le hameau, la contrée, le royaume tout entier. De mettre autant de distance que possible entre lui et la chose qui se mouvait dans les ténèbres et venait de pénétrer, sans presque faire de bruit, dans la pauvre masure d'Hannah.

Il ravala pourtant la peur qui le saisissait et allait s'élancer pour combattre cette abomination, lorsque quelque chose le retint. Une sorte de prescience, ancrée au plus profond de son esprit, le prévenait d'un danger. Un danger innommable, une force brute, une masse inconnue le menaçait. Pas devant, dans la maisonnée endormie, mais derrière, dans son dos. De chasseur, il était devenu proie. Il inspira pour tenter de maîtriser la sourde terreur qui montait de son estomac serré. Il se ramassa sur lui-même tel un félin qui s'apprêterait à bondir et dégagea une de ses courtes épées au fer acéré sur lequel un psaume salvateur était gravé.

Il compta dans sa tête jusqu'à cinq et se retourna, prêt à fondre sur la menace qui le guettait.

Rien. Il ne vit rien, rien d'autre que le chemin désert et les épais profils des maisons aux toits de chaume. Il aurait pourtant juré sur tous les saints du ciel que quelque chose l'épiait, pour mieux l'attaquer et le mettre en pièce. Il se tourna vers la masure. L'ombre mouvante avait disparu, elle aussi, avalée par la nuit. Il pesta contre lui-même, maudit sa distraction et comprit qu'il n'apprendrait rien de plus. Sa chance était passée. Il s'en revint au presbytère, frustré, et se jeta sur sa couche sans remarquer que Sarah le surveillait de ses yeux noirs.

— Nous devons retourner chez Hannah ce jour, déclara Thomassin alors qu'ils profitaient d'un frugal déjeuner, je pense que c'est la plus fragile des deux. Nous n'avons pas terminé le travail hier. Albrecht, te sens-tu prêt? Une simple bénédiction ne suffira peut-être pas.

Le jeune moine pâlit à ces mots et avala sa bouchée de pain avec difficulté.

— Je pourrais peut-être dire une prière de délivrance, faire quelques neuvaines? proposa-t-il, je n'ai pas le sentiment qu'un exorcisme est nécessaire.

— Je ne suis pas de ton avis, tu l'as vue hier, hurler

et se tordre comme une possédée ! Aux grands maux les grands remèdes !

— Si vous me permettez, Thomassin, je suis plutôt d'accord avec Albrecht.

— Voilà qui est étonnant !

— Je ne doute pas de vous, c'est du simple bon sens. La jeunette est à bout de force, exténuée. J'ai ouï dire que les exorcismes sont très éprouvants pour l'âme autant que pour le corps. J'ai peur qu'elle n'y survive pas.

Thomassin effleura sa cicatrice d'un geste nerveux. Ce bougre de physicien avait raison et Albrecht aussi. La petite divaguait et était dans un état de maigreur inquiétant. Si jamais un démon l'habitait, il la tuerait à coup sûr en sortant. Il se remémora l'ombre de la nuit passée. Ce n'était pas un diable qui la guettait, il en était presque certain. En revanche, la créature s'était montrée sensible aux bénédictions et avait laissé Isabeau tranquille. La priorité était désormais de protéger Hannah. Quelle que soit cette chose, l'emprise que cela exerçait sur les filles paraissait bien plus avancée sur elle. L'opération n'était pas exempte de danger.

— Je me range à votre avis pour cette fois. Pas d'exorcisme. Mais dépêchons-nous et rendons d'abord visite à Isabeau, je voudrais vérifier quelque chose.

Albrecht laissa échapper un soupir de satisfaction et Sarah lui adressa un sourire de connivence qui réchauffa son cœur.

Ils trouvèrent François qui les attendait à la porte

malgré la fraîcheur de l'air, son visage plus apaisé que la veille. Thomassin lui asséna un coup sur l'épaule et le jeune homme le remercia du regard. Dans sa petite chambrée, Isabeau brodait toujours. Arnaud s'approcha et prit son pouls. Il ausculta le blanc de ses yeux et sa langue. Il remarqua son air plus reposé, ses joues légèrement plus rosées. C'était insensé, mais elle paraissait aller mieux. Il termina son examen et s'en revint vers Thomassin, tandis qu'Albrecht renouvelait ses prières et bénédictions aux quatre coins de la pièce.

— Elle a passé une fort bonne nuit, leur déclara François, elle a même mangé une tranche de pain bis ce matin, avec du fromage caillé. Elle ne s'était plus sustentée de la sorte depuis des semaines. On dirait que votre venue a agi comme un baume sur son malheur. Je ne sais comment vous remercier, messires…

Thomassin leva une main devant son visage.

— Ne crions pas trop vite au miracle, mais les signes sont encourageants. Continuons ainsi. Surtout, préviens-nous si son attitude change. Allons, nous devons voir son amie.

Hannah, en revanche, était toujours dans un état déplorable. La nuit semblait même avoir encore accentué son mal. Ses joues hâves se couvraient d'une fine sueur et une fièvre tierce la tenaillait.

Albrecht entama son rituel sans attendre, passant partout, jusque sous la paillasse de la pauvre enfant. Lorsqu'il s'approcha, il sortit de sous sa coule une hostie consacrée et la lui présenta. Elle eut un haut-le-cœur, mais Sarah et sa mère lui tinrent les mains. Avec lenteur, elle prit enfin le pain du Seigneur, petit morceau par petit morceau. Le contact avec le corps du Christ lui brûlait la gorge et elle réclama plusieurs fois de l'eau, mais tint bon tout de même. Quand elle eut terminé, elle retomba sur ses couvertures, accablée.

Arnaud indiqua à Maritza quoi préparer pour les repas, bouillon de poule et d'épeautre grillé.

— Je me demandais, exposa-t-il, si nous n'aurions pas meilleur compte de l'amener à l'église avec nous. Nous pourrions la surveiller de plus près et ce qui s'attaque à elle serait maintenu à l'écart. Ce serait plus simple. Je crois que sa mère a aussi grand besoin de repos.

Thomassin allait approuver, mais n'en eut pas le temps.

— Non ! protesta Maritza, non, je vous en supplie, laissez-la-moi, ne me prenez pas ma fille. Elle est tout ce que j'ai. Je vous promets de faire tout ce que vous demandez, mais s'il vous plaît, qu'elle reste avec moi.

Les hommes cédèrent devant les doléances de la femme éplorée et s'en retournèrent.

Juste comme ils parvenaient devant le mur d'enceinte qui fermait l'église, la sombre silhouette d'Otto se découpa sur le ciel empli de lambeaux de nuages. Thomassin jura dans son écharpe et les trois autres rentrèrent leur tête dans leurs épaules.

— Ah, mais qui voilà? Notre compagnie mandée par le bon abbé de Mittelsbach! Alors, mes tous beaux, quelles sont les nouvelles?

— Laisse-nous passer, sorcier, nous n'avons aucun compte à te rendre!

— Il me semblait pourtant avoir été clair lors de notre petite entrevue de la veille. Vous devez tout me raconter! J'ai en effet appris, par des personnes qui paraissent bien plus fidèles que vous au Saint Empire, que l'une des filles aurait encore prophétisé.

— Prophétisé, comme vous y allez! Je ne suis pas persuadé que les divagations d'une paysanne concernent le grand Karl!

— Cela, c'est à moi d'en juger, Von Knochen! fulmina le mage, mais je dois vous accorder pour cette fois que c'était bien moins captivant que je ne l'eus cru. En revanche, ce qui m'intéresse, ce sont les conclusions de votre petite escapade nocturne…

Thomassin accusa le coup et se retint de dégainer une lame pour faire ravaler à ce sorcier le sourire en coin qu'il arborait et cet air suffisant qui l'exaspérait au plus haut point.

— Quelle escapade? hasarda Arnaud. De quoi parle-t-il, Thomassin?

— Oh, il n'a pas cru bon de vous en informer? C'est grand-pitié! N'auriez-vous donc pas confiance en vos compagnons ? ricana le magicien.

— Aucunement. Mais à l'inverse de vous, je n'entends pas mettre les gens en danger de façon inutile pour parvenir à mes fins.

— Bien sûr, bien sûr… alors, qu'avez-vous observé cette nuit, des choses intéressantes ?

— Rien. Une étrange silhouette qui se mouvait entre les maisons, mais je n'ai pu identifier quoi que ce soit. Ce pouvait très bien être un animal.

— J'attendais mieux d'un limier. Vous êtes d'une inefficacité crasse. Ne me déguisez plus rien, Von Knochen, je vous le redis. Je ne serai pas toujours aussi magnanime.

Thomassin grogna et le sorcier s'éloigna, l'air satisfait de son coup. Lorsqu'il se retourna vers ses compagnons, il lut sur leurs visages la déception et la méfiance. Il soupira. Il n'avait plus le choix.

Chapitre X
Manducator

Je vais tout vous expliquer, commença-t-il, devançant la pluie de reproches qui n'allait pas manquer de s'abattre sur lui.

— Expliquer quoi, au juste? interrogea Arnaud, bras croisés sur son buste. Que, malgré les réprimandes dont vous nous gratifiez et la dangerosité de la situation dont vous nous rebattez les oreilles, vous sortez seul, de nuit et sans nous en toucher le moindre mot? À titre personnel, cela fait longtemps que j'ai compris que vous me considériez comme un gêneur et un inutile. Mais tout de même, vous auriez pu tenir Albrecht informé de vos observations…

— Je le savais, intervint Albrecht d'un air penaud, j'ai vu Thomassin s'en aller, la nuit dernière.

— Oh, fort bien! Parfait! Vraiment, si Sarah et moi vous dérangeons dans votre grande enquête, nous allons peut-être nous retirer et vous laisser vous débrouiller seuls!

Sarah baissa la tête.

— Je suis au courant, moi aussi. Je l'ai entendu revenir. Quand j'ai compris qu'il ne dirait rien, j'ai préféré me taire.

— Arnaud de Bonneville, mon garçon, se dit-il à lui-même, tu es un imbécile doublé d'un coquebert !

Thomassin lui saisit le bras dans un geste d'apaisement.

— Que diriez-vous si nous allions nous jeter nos reproches à la tête à l'intérieur ? On nous regarde…

Le ton abrupt de la conversation aux abords de l'édifice religieux avait ameuté le peu de paysans et d'habitants qui mettaient encore le nez dehors. Arnaud renifla et s'exécuta de mauvaise grâce, pour marquer sa désapprobation.

Une fois sur le parvis de la modeste chapelle et éloigné des oreilles indiscrètes, Thomassin entreprit de raconter ses observations de la nuit passée.

— Je ne sais pas de quoi il s'agit, mais ce n'est pas un démon. La preuve est pour moi faite, cette créature étrange attaque ces filles de nuit et est, fort heureusement, sensible aux sacrements de notre mère l'Église. Nous devons la débusquer et la trouver avant qu'elle ne les tue, ou s'en prenne à d'autres.

— Mais si nous ne savons pas ce que c'est, la tache va être des plus ardues. Enfin, j'imagine que votre grande expérience alliée à l'érudition d'Albrecht devrait nous indiquer assez vite de quoi il retourne, répliqua Arnaud d'un ton acerbe.

— Je ne sais… De plus, j'ai peur qu'elle ne soit pas seule.

— Qu'est-ce qui te fait dire cela ? questionna Albrecht, soudain inquiet.

— Eh bien, alors que je guettais cette abomination sortie de nulle part et que je la suivais jusqu'à la porte d'Hannah, j'ai ressenti une étrange présence, très forte et menaçante. Mon instinct me trompe rarement, je puis vous l'assurer. Il y avait quelque chose, dans les ombres mouvantes, qui m'observaient. Quelque chose d'énorme et de dangereux.

— Se peut-il que ce soit Otto ? questionna le médecin.

— Non, si cela avait été le sorcier, soit je l'aurais vite deviné, soit je n'aurais rien senti du tout. Il doit avoir les moyens de dissimuler sa présence quand il le souhaite. Ce n'était pas lui, je vous l'assure.

À ces mots, Sarah se tordit les mains devant elle dans un geste nerveux.

— Tout cela est des plus inquiétants, renchérit Albrecht, un spectre, passe encore. Plusieurs…

— Mes amis, reprit Thomassin, j'en ai acquis la conviction à présent. Nous n'avons pas affaire à des spectres.

— Si ce ne sont pas des spectres, qu'est-ce ? Quelle pitié que nous soyons si loin de l'abbaye, j'aurais pu chercher dans la bibliothèque, elle est inépuisable… se lamenta Albrecht.

— J'ai peut-être quelque chose pour vous, retentit

une voix derrière eux.

Ils se retournèrent d'un même mouvement pour découvrir la face blême mangée de barbe du père Joseph qui les observait depuis l'entrée de la chapelle.

— Tout le monde écoute aux portes dans ce fichu patelin, grommela Thomassin.

— Vous êtes sur le parvis de ma propre église, je vous le rappelle. Je vous héberge, j'estime avoir un droit de regard sur ce que vous envisagez de faire. De plus, ce que j'ai à vous dire pourra sûrement vous aider. Albrecht, voulez-vous bien me suivre ?

Thomassin se renfrogna et vit partir le jeune moine avec une certaine appréhension.

Le vieux prêtre le conduisit au fond du petit édifice, dans une pièce où se tenaient les hosties bénites et tous les ornements eucharistiques de la liturgie. Albrecht fut émerveillé par cette dernière, qui, bien que de dimension modeste, se trouvait emplie de trésors insoupçonnés. Ciboires en or et en argent incrustés d'améthystes et de grenats, patène en cuivre ouvragé et ostensoirs en bronze finement ciselés luisaient sous la douce lumière des candélabres. Il n'aurait jamais imaginé que ce si humble bâtiment contienne de tels trésors. Le prêtre se dirigea derrière une étagère sur laquelle les linges reposaient, découvrant une petite niche aménagée dans le mur et fermée par une porte de bois et un énorme cadenas de métal. Sans savoir pourquoi, Albrecht se sentit soudain mal à l'aise, alors que le père Joseph sortait de ce réduit un mince ouvrage de cuir relié, à la couverture épaisse, noircie par les ans. Il le lui tendit et le jeune homme s'aperçut qu'une sueur glacée courait le long de son échine, tandis qu'il déchiffrait le titre.

«Historiae de spectriis, mortiis et magia posthuma[27] »

Comment le ministre d'une paroisse aussi éloignée pouvait-il se trouver en possession d'un tel ouvrage? Albrecht, de mémoire, n'en avait jamais entendu parler. Au seul titre, d'ailleurs, le sujet lui parut de ceux que l'Église réprouvait. Lorsqu'il constata son étonnement, le père Joseph crut bon de lui donner quelques explications.

— Il y a de cela quatre ans, une nuit d'été, un homme est venu frapper à la porte de la chapelle. Il était très maigre, épuisé et portait une robe de moine élimée et fort sale. Il est presque tombé dans mes bras de fatigue. J'ai pris soin de lui, mais une fièvre tierce le tenait, je savais qu'il n'en avait plus pour longtemps. Et lui aussi paraissait le savoir. Au seuil de la mort, il me confessa qu'il venait d'un ermitage éloigné, dans les montagnes jurassiennes. Il était originaire d'un monastère italien qu'il avait quitté en ressentant un appel mystique qui le poussait à se retirer à l'écart de ses semblables, dans de hautes solitudes minérales. Il était demeuré là-haut pendant plus de vingt années et s'était consacré à la prière

---

27   Histoires de spectres, de morts et de nécromancie.

et à la contrition. Jusqu'au jour où il avait commencé à découvrir des animaux morts autour de son ermitage. De petits oiseaux d'abord, puis de gros rapaces. Des lièvres et des biches. Et puis, un loup. Le tout sans raisons visibles. Il prit peur et décida de chercher ce qui pouvait s'en prendre ainsi aux créatures de Dieu. Ce qu'il trouva… il ne voulut pas me le dire ni me le décrire, l'effroi semblait sceller ses lèvres. Il avait consigné toutes ses observations, disait-il, dans cet ouvrage. Le seul et unique de ce genre. Le lendemain, il était mort. Je lui ai administré tous les sacrements, c'était un saint homme. Mais ce livre… je ne l'ai jamais ouvert. Je l'ai enfermé ici et l'ai oublié jusqu'à ce que votre venue le rappelle à mes bons souvenirs. Je crois que ce manuscrit contient peut-être une clef de ce mystère. Ou à tout le moins, des indications. Je suis persuadé qu'il a à voir, même de loin, avec ce qui nous afflige. Je crois enfin qu'il vous attendait. Vous seul paraissez suffisamment érudit pour le déchiffrer.

Albrecht acquiesça, caressant le volume du plat de la main. La reliure était grossière, mais le cuir, malgré son âge et les vicissitudes qu'il avait connues, aurait pu provenir de la meilleure des tanneries. Un maître n'aurait à son avis, pas mieux fait.

— Merci, père Joseph. Je vais prendre le temps d'examiner ce récit, je ne doute pas qu'il contienne d'importants indices. Je vous remercie pour votre confiance.

Le père Joseph hocha la tête et Albrecht le quitta, le

volume sous le bras.

Le soir venu, après s'être usé les yeux sur la calligraphie hasardeuse qui recouvrait les pages, Albrecht rejoignit ses amis dans ce qui leur servait de chambre. Écrasé par la fatigue, il s'assit avec eux près du brasero et passa sa main sur son visage. Sarah lui porta une écuelle de brouet et une tranche de pain couverte de caillé qu'il dévora de bel appétit. Il n'avait rien avalé de la journée et son estomac le lui rappela bruyamment.

Malgré son impatience visible, Thomassin le laissa achever son repas. Alors qu'il terminait son plat, il n'y tint plus.

— Vas-tu à la parfin nous dire ce que tu as lu dans ce maudit ouvrage ?

Sarah lui jeta un regard courroucé et il se sentit soudain pris en faute comme un enfant.

— C'est très intéressant, très intéressant. Un peu obscur, le style est parfois ésotérique et l'écriture assez cryptique… Cependant, je crois pouvoir affirmer avec certitude que nous n'avons pas affaire à des spectres.

— Qu'est-ce donc, alors ?

— Eh bien, c'est difficile à expliquer. J'ai déjà lu des choses semblables, dans la *Gesta Danorum*[28], ou d'anciens textes grecs qui évoquent ce que les Turcs appellent

---

28 Geste des Danois. Cette œuvre de l'historien médiéval Saxo Grammaticus raconte l'histoire des rois et du peuple danois ainsi que l'expansion politique et territoriale du royaume Dane.

broucolaques[29]. Je pensais toutefois qu'il s'agissait de légendes, destinées à valoriser les héros païens des *Eddas*[30] nordiques et autres mythologies. Ici, cet ermite les nomme *manducatores*[31]. Ce sont des revenants.

Les braises rougeoyantes du brasero éclairèrent les trois visages graves qui lui faisaient face et il put contempler le combat d'émotions qui faisait rage en eux. Les yeux de Sarah s'arrondirent d'horreur tandis qu'une ride soucieuse barrait le front de Thomassin. Arnaud, quant à lui, éclata de rire.

— Des hommes qui reviennent d'entre les morts ! Albrecht, si cette ineptie ne sortait pas de la bouche d'un moine, vous finiriez à coup sûr ardé par l'Inquisition ! Et dire que c'est moi que l'on traite de blasphémateur !

Impassible, Albrecht patienta que son hilarité s'achève dans un ricanement avant de poursuivre d'un ton docte.

— Je n'ai jamais dit qu'ils étaient ressuscités. Ils sont morts. Victimes d'une malédiction ou simples esprits vengeurs, ils errent la nuit, jaillissent de leurs tombes et causent des déprédations. Ils empoisonnent les puits, corrompent la nourriture, propagent les miasmes. Si l'on ne les arrête pas rapidement, ils s'en prennent aux vivants. L'ermite raconte un cas survenu dans plusieurs bourgs, non loin de son monastère d'origine, par-delà les Alpes. Les villageois,

---

29   Vrykolakas en grec, sorte de revenants corporels des légendes des Balkans et pays slaves, apparentés aux zombies.

30   Poèmes épiques nordiques.

31   Litt. Mâcheurs.

excédés et inquiets, ont fait appel aux moines et leur prieur en a dépêché deux, dont notre anachorète ou un de ses proches amis, ce n'est pas très clair… Toujours est-il qu'ils ont trouvé le revenant désigné comme étant le fauteur de trouble, une femme, et l'ont…

Il hésita et jeta un rapide coup d'œil à Sarah, qui serrait ses mains l'une contre l'autre.

— Ils l'ont extirpée de la tombe. Elle était presque intacte, en dehors de sa peau très pâle. Ses cheveux et ses ongles avaient poussé. Elle avait avalé la moitié de son linceul et lorsqu'on le tira de sa bouche, du sang frais, vermeil, en sortit. C'est ainsi qu'ils eurent la certitude que c'était cette revenante qui causait mille morts dans le village. Le prévôt qui les assistait trancha la tête de la malheureuse, et on l'inhuma loin de son corps. On prit aussi la précaution d'enterrer les membres de sa famille avec une faux sous la gorge. Une fois fait, le hameau retrouva la paix.

— C'est une fort belle histoire, intervint Arnaud d'un air lourd de sarcasme, mais les morts ne reviennent pas à la vie. Surtout en ces temps de pestilence. La tombe est leur salut, la fin de toutes leurs souffrances. J'ai vu, moi, les pleines charrettes de cadavres que l'on jetait dans le Rhône, les fosses débordantes de membres putréfiés… les morts ne reviennent pas.

Thomassin, qui n'était pas intervenu depuis le début du récit d'Albrecht, prit enfin la parole gravement.

— Cet ermite dit-il autre chose ?

— C'est là que son histoire devient peu compréhensible et surtout à mon sens, proche de l'hérésie… Il relate sa vie dans son refuge, ses méditations et pensées religieuses, ce qui est fort intéressant et fait aussi part de ses années de réflexions sur la question. Il estime, après tout ce temps à étudier ce sujet, qu'un *manducator* originel existe, une sorte de grand corrupteur. Une créature antédiluvienne et mauvaise qui concevrait, par une forme de nécromancie particulière et naturelle, des êtres semblables. Elle se serait, avec les années, affranchie de la tombe. Il prend en cela pour preuve les événements survenus autour de sa retraite, qu'il attribue à ce revenant. Toujours selon ses dires, celui-ci le traquerait, car il aurait découvert son existence. Mais ce ne sont là que les divagations d'un homme qu'une trop grande solitude a peut-être fini par rendre fou.

— Pardon, interrogea le médecin, mais je ne vois pas en quoi cela est moins plausible que des morts dévoreurs qui se lèvent de terre…

— C'est pourtant évident… objecta le jeune moine doctement, le Seigneur, origine de toute vie, n'aurait jamais permis l'existence d'une telle abomination. On sent à la lecture que le pauvre homme délire. Son écriture devient de plus en plus indéchiffrable au fil des pages. Il n'a d'ailleurs pas achevé son ouvrage, et c'est tant mieux, si vous voulez mon avis.

Thomassin posa ses yeux d'ambre qui reflétaient la lueur orangée des flammes tour à tour sur ses compagnons. Il les jaugea, mesurant pleinement la gravité des mots qu'il allait prononcer.

— Il n'y a qu'une seule façon de savoir si les suppositions de cet ermite sont véridiques.

Les trois autres attendirent la suite, l'estomac soudainement serré par une angoisse sourde.

— Nous allons devoir vérifier. Nous allons ouvrir les tombes.

— Les villageois ne nous laisseront jamais faire, murmura Arnaud dans un souffle.

— En effet. C'est pour cela que nous allons demander l'assistance du Saint Empire. Nous allons devoir travailler avec Otto.

Il comprit, au long soupir qui accueillit cette révélation, qu'il n'était pas le seul que cette solution rebutait.

Le sourire radieux qui se peignit sur les traits du mage lorsque Thomassin vint à la porte de la maison la plus cossue pour lui réclamer son aide n'avait rien de modeste. Le chasseur lui aurait volontiers fait ravaler celui-ci, et ses dents avec, d'un coup de poing bien placé. Malheureusement, la coopération d'Otto était essentielle à la réussite de leur mission du soir.

Le sorcier l'écouta développer leurs dernières découvertes, une lueur d'intérêt dans ses pupilles. Thomassin se remémora la façon dont elles s'étaient mises soudain à rougeoyer alors qu'il faisait appel à son talent et il se sentit mal à l'aise.

— Des morts mâcheurs ! J'aurais dû m'en douter ! s'exclama-t-il tandis que le chasseur achevait son récit.

— Vous en avez donc déjà entendu parler ?

— Bien entendu, ce sont des choses dont nous autres mages, possédons une grande connaissance. Notre confrérie étudie tous les phénomènes de ce genre. Nul besoin des maléfices d'un nécromancien, votre petit moine dit vrai. Ce sont des revenants, ni plus ni moins. Ils parviennent simplement à conserver l'action de leur corps, par l'effet d'une malédiction. Ce qui m'intrigue, c'est qu'ils s'en prennent à de jeunes filles. Ils ne font pas de distinction en général.

— En attendant de découvrir pourquoi, nous aiderez-vous ? Les villageois ne verront sans doute pas d'un bon œil que nous retournions le cimetière, mais si l'émissaire du Saint Empire est avec nous, ils seront déjà plus conciliants.

— Certes ! Je vous assisterai. Pour tout vous dire, je ne peux résister au fait que vous et votre petite compagnie me soyez redevables. Je devrais également pouvoir vous éviter de labourer toute la nécropole et de déranger ces pauvres hères dans leur éternel repos.

— Ah, oui ? Et comment cela ?

— Vous verrez bien, un bon mage ne révèle jamais ses tours… À ce soir !

L'homme lui claqua la porte au nez.

— C'est ça, à ce soir… bougonna Thomassin avant de s'en retourner.

Les étoiles scintillaient dans le ciel découvert et une bise glaciale descendue des hauteurs les cingla alors qu'ils patientaient à l'orée de la nécropole. Dans l'obscurité, à peine éclairée par les quelques flambeaux qu'ils avaient disposés au pourtour, les croix de guingois et les pierres tombales projetaient des ombres fantastiques sur les petits tertres de terre meuble.

Sarah frissonna et s'enveloppa un peu plus dans son épais mantel de laine. Albrecht souffla sur ses doigts et lui adressa un sourire qu'il voulait rassurant. Il n'avait pu s'empêcher de remarquer qu'elle arborait une belle robe de drap vert toute passementée d'un liseré en fil d'argent, qu'elle avait sortie de son paquetage. Une ceinture de cuir rouge enserrait sa taille fine et elle avait relevé ses longs cheveux en un chignon flou qui dégageait les angles de son visage. Il se perdit dans la contemplation de ce dernier, à la fois simple, charmant et mélancolique. Elle sentit son regard insistant et tourna ses prunelles sombres vers lui. Ses joues se réchauffèrent d'une délicate ombre rosée. Une chaleur se diffusa aussitôt dans la poitrine d'Albrecht, sans qu'il puisse en connaître la véritable source. Ils se rapprochèrent imperceptiblement et leurs doigts se frôlèrent.

La matérialisation soudaine d'Otto à leur côté, sortit tout droit de la nuit, rompit le charme et les deux jeunes gens s'écartèrent à regret.

— Allons-y, asséna Thomassin, le seul, avec Arnaud, à détenir une pelle.

— Comment allons-nous savoir quelle tombe est la bonne ? questionna ce dernier, nous n'avons aucune indication d'où se trouve le *manducator,* si tant est qu'il existe. Nous n'allons tout de même pas retourner chaque carré de terre !

— Vous étiez moins regardant, ce me semble, lorsque d'autres exhumaient des cadavres pour votre propre compte, le cingla Thomassin, que toute cette histoire agaçait prodigieusement. Arnaud le foudroya du regard et s'avança, poing en avant.

— Vil failli ! Vous m'aviez promis…

— Allons, allons, messires ! Nul besoin de perdre son sang-froid, intervint Otto qui paraissait se délecter de cette ambiance tendue entre les deux hommes, par ailleurs, j'ai la solution à notre problème.

Sans plus attendre, ses yeux s'emplirent de leur éclat rougeâtre et surnaturel. Il éleva une main décorée d'annels dorés et un peu plus loin, sur leur gauche, une flamme bleuâtre, tremblante sous l'aquilon, se dressa au-dessus du sol.

— Un feu follet… murmura Albrecht.

— *Exorio* ! ordonna le mage à la flammèche, qui se mit soudain à danser et sautiller de tombe en tombe, comme

si elle cherchait quelque chose. — Par les saintes ma-
melles de Notre-Dame… jura Thomassin alors qu'Albrecht lui jetait un regard noir.

— Voilà, c'est fort simple. Le feu follet va s'arrêter sur
la sépulture qui renferme le mort rebelle et vous n'aurez
plus qu'à opérer. Que feriez-vous sans votre brave Otto,
je me le demande !

Arnaud se retint de balancer sa pelle en travers de la
face goguenarde du sorcier et reporta son attention sur
la flamme qui s'éloignait dans les ombres.

— Nous ferions mieux de le suivre, indiqua-t-il, si
nous ne voulons pas le perdre.

— Faites, faites, je fermerai la marche, proposa le
mage d'un ton faussement aimable.

Les trois hommes se lancèrent à la poursuite du petit
feu ardent, mais Sarah hésita.

— Quelque chose ne va pas, *ma chère*? Ne traînez pas en
arrière, ce n'est pas un lieu très fréquentable pour une jeune
femme de votre qualité. Qui sait ce qui hante ces ombres?

Elle lui décocha un regard peu amène, avant de renoncer et de suivre les trois autres.

Alors que la nuit avançait, devenant de plus en plus
noire, ils retinrent leur souffle. La flamme, désormais
vivace, venait de se planter sur un monticule dont la
terre paraissait fraîchement retournée. Elle ne bougea
plus. Thomassin déglutit et dévisagea Arnaud, qui lui
adressa un signe de tête décidé. Albrecht sortit sa bible,
entama sa psalmodie habituelle pour conjurer le mauvais

esprit et les deux hommes enfoncèrent d'un coup sec l'acier de leurs outils dans l'humus tendre. Ils creusèrent sur un bon mètre de profondeur et constatèrent avec épouvante qu'une quantité anormale de vers et autres limaces grouillaient dans la sépulture. Chaque pelletée en amenait son lot et Arnaud grimaça lorsqu'il en sentit certains s'insinuer sous ses vêtements trempés de sueur.

Enfin, leurs efforts furent récompensés et le sol révéla un morceau de linceul sale. Les deux terrassiers improvisés redoublèrent d'ardeur, ignorant les grappes d'insectes qui abondaient et l'odeur de putréfaction qui se faisait de plus en plus lourde. Thomassin souffla lorsqu'ils eurent enfin dégagé le cadavre, tandis qu'Arnaud se penchait sur la fosse pour observer le corps. Au niveau du visage recouvert par le suaire, un trou béant s'ouvrait sur une bouche sombre. Le tissu de lin paraissait avoir été dévoré de l'intérieur, comme déchiqueté. Il allait avancer la main vers ce singulier phénomène, mais la poigne d'Otto le retint.

— Si vous tenez à vos doigts, physicien, écartez-vous et laissez-moi faire, murmura le magicien.

Ses étranges pupilles étincelèrent et il agita ses phalanges d'où jaillirent de longues langues de flammes qui rongèrent le voile en quelques secondes. L'impensable s'étala alors devant leurs yeux incrédules. Un homme, peut-être d'une quarantaine d'années, gisait au fond de la fosse, avec toutes les apparences de la mort. Aucun souffle ne soulevait sa poitrine, aucune vigueur ne semblait habiter son visage hâve. Pourtant, son abdomen était tendu, comme après un bon repas, ses cheveux et ses ongles avaient poussé démesurément. Ses lèvres, épaisses et gonflées, laissaient deviner, sur des dents proéminentes, de longs filets d'un sang rouge et frais.

— Voyez. Mon feu follet ne se trompe jamais. Le voilà, votre *manducator*.

Thomassin se pencha plus avant dans le trou pour le regarder, intrigué par ce revenant qu'il découvrait pour la première fois. La créature émit un long chuintement qui se répercuta dans le petit cimetière et ricocha dans les ténèbres. Elle ouvrit des yeux emplis d'obscurité. Arnaud recula devant l'horreur et manqua de renverser Albrecht, qui en perdit le fil de sa prière. Vif comme un serpent, l'ombre s'extirpa de son tombeau, toutes griffes dehors. Thomassin se ressaisit et, d'un trait rapide, presque comme un réflexe, trancha la gorge du mort-vivant. Sa tête se détacha de son corps et roula de côté, son regard vitreux braqué sur ceux qui venaient de le débusquer.

Alors qu'elle détournait les yeux de cette scène atroce, Sarah fit un constat qui l'alarma. Le feu follet avait disparu. Ou plutôt, il s'était éloigné, sa lumière dansant sur une autre sépulture, à quelques mètres de là. Elle délaissa ses compagnons aux prises avec le revenant qu'ils avaient découvert, et se dirigea vers la petite lueur bleutée. Parvenue devant le tertre, elle se pencha dans les ténèbres de la terre. La tombe était vide. Il n'y avait pas un seul de ces morts mâcheurs qui hantaient le cimetière, mais plusieurs. Elle fouilla l'obscurité frénétiquement, avant de pousser un cri pour prévenir ses camarades.

Les trois hommes se retournèrent et perçurent soudain dans les ténèbres mouvantes autour d'eux, un froissement inquiétant. Thomassin, lame en avant, avança vers la jeune femme. La même angoisse sourde que la nuit précédente s'insinua en lui et une bile âcre lui brûla la gorge. Il sentait dans le noir qui l'entourait une menace encore plus grande, encore plus énigmatique que celle de ces créatures revenues d'outre-tombe qui peuplaient la nécropole. Il allait atteindre Sarah lorsqu'une silhouette émaciée aux longs cheveux blancs se jeta sur la jeune fille, les dents brillantes comme des crocs sous la faible lueur des torchères. Pétrifié par l'effroi, il poussa un hurlement rauque.

Entre lui et la jeune fille, une masse immense, un monstre gigantesque de forme humaine, qui semblait sortir de terre, se dressa brusquement. D'un coup puissant, la chose énorme et inconnue intercepta la créature démoniaque qui s'attaquait à Sarah. Un bruit écœurant d'os brisés et de chairs écrasées s'éleva entre les sépultures alors que l'apparition broyait la revenante. Le sang corrompu éclaboussa l'humus froid, qui but le liquide vermeil.

Otto rejoignit le chasseur en quelques enjambées, ses

poings fermés enrobés de flammes et, désorientés, ils se ruèrent sur le colosse d'argile d'un même élan.

— NON! hurla la jeune juive en s'interposant entre eux et leur cible, bras en croix comme pour protéger le géant.

Les deux hommes s'interrompirent *in extremis*, leurs visages à quelques centimètres de celui de Sarah. Ils lui lancèrent des regards empreints de fureur et d'incompréhension.

— Arrêtez, supplia-t-elle, il est bien trop fort pour vous, il va vous tuer. Je vais m'en occuper…

Elle releva une manche de sa belle robe et révéla alors, gravée dans la chair tendre de son avant-bras, un curieux tatouage. Des lettres luisantes, en alphabet hébraïque, formaient le mot [32] אמת. Elle appuya doucement avec un doigt sur le premier E comme pour l'effacer, et le mot מת apparut. La masse terrible se mit à rapetisser, de plus en plus, jusqu'à ce qu'il n'en reste au sol qu'une petite statuette de terre cuite aux contours vaguement humains. Sous le regard ébahi de ses camarades, elle la saisit dans le creux de sa paume et la rangea dans une poche de sa robe.

— C'était toi… murmura Thomassin, estomaqué, c'était toi qui menais ce monstre!

— Ce n'est pas un monstre, déclara-t-elle, les larmes

---

32 Selon la légende de Rabbi Loew (XVIᵉ siècle — Prague), Emet (h) signifie «vérité» et Met (H), «mort». L'utilisation de ces deux mots, issus du verbe et donc de Dieu, permettait de donner vie au Golem.

aux yeux, c'est un Golem. Le défenseur de mon peuple.

— Une kabbaliste ! s'exclama Otto. J'aurais dû deviner, quel imbécile je fais !

— Voilà au moins un point sur lequel nous sommes d'accord, grinça Thomassin.

— Quelqu'un va-t-il nous expliquer ce qu'il se passe ? demanda Arnaud alors qu'il les rejoignait, Albrecht sur les talons.

— Il se passe que votre petite protégée est une mage, elle aussi !

— Pardon ! se récria Otto l'air faussement choqué, mon art n'a rien à voir avec celui de la kabbale…

— C'est certain, en effet, murmura Sarah pour elle-même.

— Nous pourrions peut-être discuter de tout cela plus tard, intervint le médecin, nous avons deux morts dévoreurs sur les bras…

— Ceux-là au moins ne dévoreront plus personne, cracha Thomassin.

— Pour nous en assurer, je propose que nous boutions le feu à ces revenants, histoire de garantir que cette fois, ils restent bien là où ils sont.

Thomassin acquiesça de mauvaise grâce. Ils placèrent les corps dans une unique fosse. À l'aide de ses pouvoirs, Otto les enflamma et ils se consumèrent sans attendre. Une odeur écœurante de chairs roussies s'éleva dans les airs, chassée par le vent des montagnes qui n'avait pas cessé de souffler.

Chapitre XI
La nef des fous[33]

Le père Joseph regardait avec circonspection le trou béant aux contours noircis au fond duquel un amas de cendres et d'os subsistait.

— C'est un des premiers à avoir succombé, après que les filles ont commencé à avoir des crises et des visions. C'était le père du petit Euric, dont je vous ai parlé. Et là-bas, dit-il en désignant la sépulture d'où était sortie la seconde morte-vivante, c'était l'épouse de notre messager, vous vous souvenez ?

Cette fois, songea Thomassin, *il n'a vraiment plus aucune raison de rentrer à Herzee-le-haut.*

— Vous pensez donc que c'en est terminé, alors ? Ces deux revenants sont les tourmenteurs qui nous causaient tant de mal ?

Ce fut Otto qui intervint, poussant Thomassin sur le côté sans ménagement.

---

33 Intitulé d'un tableau du peintre néerlandais Hieronimus Bosch, visible au Louvre.

— C'est certain. Nous n'avons pas débusqué d'autres morts mâcheurs dans ce cimetière, mais je préconise tout de même, pour être bien certain que cela ne se reproduise plus, les choses suivantes : ouvrez les tombes de leurs proches parents et, à votre convenance, enfoncez-leur une pierre dans la bouche, ou tranchez-leur la tête avant de les inhumer. S'ils devaient être touchés par la malédiction, ils ne pourraient ainsi plus s'en prendre aux vivants.

— Est-ce bien nécessaire ? questionna le père Joseph en plissant le nez, je préférerais ne pas déranger les trépassés avec des rituels aussi blasphématoires.

Cet enchanteur était peut-être un envoyé de Karl de Luxembourg, il n'en était pas moins un sorcier. Lui obéir en dépit des sacrements de la sainte Église répugnait le prêtre.

— Vous ferez bien comme vous voulez, simple précaution, répondit le mage en haussant ses grandes épaules. Je ne peux que vous enjoindre à répandre du sel sur chaque tombe fraîchement creusée. Du sel bénit, bien entendu. Cela devrait faire l'affaire et éloigner cette malédiction. Sur ce, je vais vous laisser, mon travail ici est terminé. Albrecht objecta :

— Nous ne sommes pas certains que les jeunettes sont libérées des affres de leur possession. Cela mettra quelques jours de plus avant qu'elles ne soient pleinement guéries, ne souhaitez-vous pas rester pour contempler le résultat de nos efforts ?

— J'ai autre chose à faire que de demeurer dans ce village miteux à regarder de jeunes filles reprendre des couleurs. Je sais à présent que leurs élucubrations mystiques avaient pour origine ces simples morts mâcheurs. C'est assez décevant, je dois dire, et d'aucune utilité pour l'Empire. Nous sommes venus à bout de ces revenants, plus rien ne me retient ici. Et l'on m'attend, à Fribourg, pour affaire. Adieu donc, messieurs, ce fut… une véritable joie, grinça-t-il, avant de poursuivre :

— Je vous rappelle d'ailleurs que vous avez désormais contracté une dette auprès du Saint Empire. Quant à toi… — il lança à Sarah un regard indéfinissable — je vais rapporter ton cas aux plus hautes instances de la Confrérie, sois-en certaine. Croyez-moi, si vous oubliez le Saint Empire, lui ne vous oubliera pas !

Sur ces mots, il tourna les talons, non sans couler sur Sarah un œil luisant d'intérêt, qui releva le menton d'un air brave.

L'insulte qui monta aux lèvres de Thomassin à l'endroit d'Otto s'étouffa dans son écharpe. Il contempla ses compagnons et exhala un long soupir.

— Bon débarras ! J'estime, comme Albrecht l'a indiqué, que notre labeur ici n'est pas terminé. Assurons-nous bien de la santé d'Isabeau et Hannah avant de reprendre la route. Je m'en voudrais de laisser l'une de ces abominations dans la nature.

— Je suis d'accord, compléta Arnaud. D'ailleurs, je vous propose que nous nous rendions chez Hannah sur le champ pour annoncer la bonne nouvelle à sa mère. Sarah et Albrecht peuvent aller chez Isabeau, ils n'ont plus besoin de nous, à présent.

— Pour sûr non… murmura Thomassin.

Il fixa la jeune juive droit dans les yeux et elle soutint son regard. Il comptait bien obtenir quelques explications sur son étrange familier de terre cuite, mais Arnaud le poussa dans la direction de la masure d'Hannah.

— Elle se confiera bien mieux à Albrecht qu'à vous, Thomassin, laissez-les donc… lui murmura-t-il.

Ce dernier dut reconnaître que le médecin avait raison et de mauvaise grâce, lui emboîta le pas. Alors qu'ils quittaient tous deux l'enceinte de la nécropole, Albrecht se décida à poser la question qui lui brûlait les lèvres.

— Tu es donc magicienne ?

Sarah lui adressa un petit sourire triste.

— Non pas. Je connais juste les mots divins qui donnent vie au Golem. J'ai débuté mon apprentissage à la yeshiva[34], par l'étude des textes, avant que nous soyons dans l'obligation de fuir. Mon oncle, qui était lui-même un peu initié aux lois secrètes de mon peuple, a poursuivi mon enseignement comme il le pouvait. Selon lui, je disposais de rares capacités qui ne demandaient qu'à croître. Hélas, il ne put m'enseigner plus avant…

Une boule se forma dans sa gorge et elle s'arrêta, épaules affaissées et poings serrés. Elle se rendit compte combien le chagrin qui l'habitait revêtait la violence d'un

---

34   Ecole ou l'ont enseigne le Talmud.

orage d'été trop longtemps contenu. Elle tourna son joli visage vers Albrecht et celui-ci avança la main pour cueillir la première goutte qui roulait sur sa joue.

— J'aurais pu, comprends-tu ? hoqueta-t-elle. J'aurais pu les sauver de la mort. Avec l'aide du Golem, je pouvais anéantir ceux qui les ont tués. Réduire Kirksberg en cendres. Mais… je n'y suis pas parvenu, j'ai essayé, la peur me vrillait les entrailles, je ne parvenais pas à me concentrer sur le *logos*[35], mes mains tremblaient tant. J'ai échoué, j'ai fui lâchement. Je les ai abandonnés à leur sort, aux tortures et au bûcher. Jamais je ne pourrais me le pardonner !

Le barrage de sa tristesse trop longtemps contenu céda enfin et des torrents de larmes s'abattirent sur elle. Dans un réflexe protecteur et de compassion pure, Albrecht la saisit par les épaules et serra tout contre lui son corps frêle secoué de grands sanglots.

— Ce n'est pas ta faute, répéta-t-il, leur heure était venue et je suis certain qu'ils le savaient et ne t'en ont pas tenu rigueur. Dieu lui-même le savait. C'est ainsi, tu as fui pour ta vie, ce qui est la plus humaine de toutes les réactions. Dieu nous pardonne, car nous sommes

---

35   En théologie, seconde personne de la Trinité, verbe éternel de Dieu venu s'incarner et qui est nommé dans St Jean (I, 1-18) « Parole » ou « Verbe ». En philosophie, raison divine, terme que Pythagore, Platon et les premiers philosophes chinois ont également employé pour exprimer la manifestation de l'être ou de la raison suprême.

des êtres imparfaits par notre faute originelle. Il nous appartient de nous améliorer, de surmonter ce défaut du mieux que nous pouvons. Tu as aussi conservé un grand savoir de ton peuple, un savoir qui, peut-être, servira la cause voulue par Dieu. Tu as déjà aidé à sauver ces jeunes filles.

— Je suis trop faible, trop bête, larmoya-t-elle, je ne suis pas celle que mon oncle croyait.

— Réfléchis un peu, dit-il en lui caressant les cheveux afin de la calmer, si c'était le cas, le Golem ne t'obéirait pas et Otto ne solliciterait pas confrérie de mages pour tenter de percer ton secret. Tu détiens un immense pouvoir, Sarah, et aussi longtemps que tu en useras à bon escient comme tu l'as fait jusqu'à présent, tu pourras racheter ta faute.

Elle s'éloigna doucement de lui et plongea ses grands yeux mouillés et rougis par les pleurs dans les pupilles azurées d'Albrecht.

— Tu le crois vraiment?

— J'en suis persuadé. Je sens le bon en toi, Sarah…

Ils échangèrent un long et silencieux regard qui exprimait, sans mots, toute la violence des sentiments qui les habitaient. Leurs corps se rapprochèrent à nouveau jusqu'à s'effleurer et leurs mains se joignirent, les doigts étroitement enlacés. Le temps sembla se suspendre autour d'eux, comme s'ils étaient isolés du reste du monde.

Prenant soudain conscience de la proximité de leur visage, Albrecht s'empourpra et s'écarta, à regret, du corps de la jeune fille.

— Hum… toussota-t-il d'un air gêné, François et Isabeau ont le droit de savoir que tout va aller pour le mieux maintenant, joignons-les vite.

Sarah renifla et retint une seconde de plus la main chaude et douce du moine, avant de s'avancer avec lui vers la petite maisonnée. Elle tentait d'analyser le trouble qui venait de la saisir. Une bouffée de culpabilité la traversa. Comment pouvait-elle un seul instant éprouver un sentiment aussi agréable, alors qu'elle venait de perdre ses derniers parents ? Elle n'avait aucunement le droit de ressentir de la joie, d'apprécier de tels moments, quand les siens ne profiteraient plus jamais de la douceur de l'air ou de la caresse chaude du soleil. Pourtant, elle ne pouvait empêcher son cœur de battre un peu plus fort à chaque fois qu'elle croisait le beau regard bleu du jeune moine. Elle ne pouvait se laisser aller de la sorte. Albrecht ne lui serait jamais destiné, elle devait abandonner la moindre idée de s'attacher à lui. Il appartenait à son Dieu. Elle baissa la tête et chassa ses larmes d'un revers de sa manche.

Le frère de la jeune fille les salua avec force sourires et effusions. Oublié, le garçon taciturne qui les avait d'abord accueillis.

— J'ai ouï dire que vous avez débusqué les revenants qui s'en prenaient à ma sœur, grand merci, c'est miracle !

Il serra les mains d'Albrecht avec chaleur.

— Ce n'est pas moi qu'il faut remercier, mais bien

Dieu, indiqua-t-il.

Et la magie, un peu, songea-t-il avec une certaine irritation. Il se reprit bien vite, Dieu n'était-il pas lui-même la source de toute chose ?

— Comment va Isabeau ? questionna Sarah.

— Voyez vous-mêmes, lui sourit François en s'écartant pour la laisser entrer dans la pièce principale.

Debout, devant une table massive de bois brut, Isabeau se tenait, les mains pleines de farine et de poudre d'amande.

— Ah, messire, ma dame, quel plaisir de vous voir ! les accueillit-elle.

Albrecht nota la pâleur de ses joues, mais à la regarder pétrir la pâte à massepain avec vigueur, l'on n'aurait jamais reconnu la jeune femme qui vomissait des insectes quelques jours auparavant.

— Tu parais en bien meilleure condition, Isabeau, hasarda-t-il, mais il ne faut pas trop te fatiguer, tout de même.

— C'est ce que je n'arrête pas de lui dire, messire, mais comme vous pouvez le constater, elle n'écoute rien ! Elle va donc bien mieux !

Un sourire semblait plaqué en permanence sur le visage de François et Sarah sentit son cœur se réchauffer un peu au milieu de cette joie toute simple.

— J'ai bien dormi cette nuit, déclara la jeune femme sans abandonner sa tâche, c'est grâce à vous. J'ai ouï dire par François que pendant mon sommeil, vous avez bravement lutté contre les revenants qui nous tourmentaient, Hannah et moi. Grand merci, car sans vous, nous serions mortes, je le crois. Dieu vous bénisse mille fois.

Elle reprit un air soudain sérieux et suspendit un instant ses gestes.

— C'est terminé, n'est-ce pas ? Il n'y en a pas d'autres ?

Albrecht déglutit. Il l'espérait de tout cœur, car le départ d'Otto les laissait plus vulnérables, même si, grâce à Sarah et son improbable géant, ils disposaient d'une arme redoutable. Il répugnait à solliciter la jeune fille et à l'éprouver encore plus.

— Oui, c'est fini, s'entendit-il pourtant répondre, nous allons juste demeurer quelques jours parmi vous pour nous en assurer.

Isabeau lui jeta un regard plein d'une gratitude infinie.

— Merci, messire. François vous portera la tarte au massepain, dès qu'elle sera sortie du four communal !

Pendant ce temps, Arnaud examinait Hannah avec attention. Il scrutait le blanc de ses yeux, observait sa langue. Il serra son maigre poignet, guettant ses réflexes. La jeune fille semblait encore si fragile. Il se tourna vers sa mère.

— A-t-elle mangé hier ?

— Un peu, messire. Du pain trempé. Elle a tout gardé, en revanche, et bien dormi cette nuit. C'est la première fois depuis des lustres que de vilains cauchemars ne l'assaillent pas.

Thomassin repensa à la silhouette du *manducator* qui se glissait en silence le long des murs. Comment ces gens n'avaient-ils rien vu du mal qui attaquait leurs enfants ?

— Bien, bien, acheva le médecin, il faut continuer ainsi, Hannah doit reprendre des forces et des nuitées calmes y contribueront.

Il jeta un sourire qui se voulait rassurant à la jeune fille et son cœur se serra quand elle le lui rendit, avec ses lèvres desséchées qui s'étiraient douloureusement sur ses joues creuses. Il tapota sa main et se leva.

Thomassin leur adressa un bref salut et sortit en vitesse. Il se refusa à regarder Hannah plus longtemps. Il avait la terrible sensation qu'elle était déjà dans la tombe et cela lui rappelait trop une autre pâle figure.

Le soir venu, ils dégustaient la tendre pâte aux amandes et à l'eau de rose, dans le silence de l'ancienne grange.

— Cela faisait des lustres que je n'avais goûté pareille douceur, déclara Arnaud en essuyant le miel qui coulait sur son menton, je suis ravi que ces jeunes filles aillent mieux. Hannah est un peu moins vaillante, mais nul doute qu'elle s'en sortira tout aussi bien, avec les soins appropriés. Je lui ai déjà prescrit force décoctions qui devraient équilibrer l'excès de bile noire, poursuivit-il. C'est en raison de cette perturbation qu'elle paraissait plus affectée par la malédiction qu'Isabeau.

— Elle est surtout plus pauvre, maugréa Thomassin, c'est plus simple de se remettre lorsque l'on dispose de couvertures bien chaudes et d'une maison propre et aérée.

— Sa mère lui est toute dévouée, je suis certaine que son amour lui sera d'un grand secours, déclara Sarah.

Thomassin la dévisagea par-dessus sa part de gâteau. Il lui en voulait encore pour sa dissimulation, qu'il vivait comme une traîtrise. Comment avait-elle pu dissimuler sa véritable nature alors qu'ils l'avaient sauvée d'une mort inévitable, à Kirksberg ? Sa confiance, déjà fragile, s'était considérablement émoussée.

Il repoussa son écuelle de bois, se leva et s'étira, avant de se diriger vers l'extérieur.

— Je vais jeter un œil au cimetière, m'assurer que tout est calme.

— Je… je t'accompagne un peu, j'ai besoin de sortir, dit Albrecht en se précipitant à sa suite.

Sur le pas de la porte, le chasseur de spectre coula un long regard vers la nuit noire. Le firmament était piqueté d'étoiles qui miroitaient au-dessus des sommets encore couverts de neige. La froidure surprit le jeune moine, apparu à ses côtés, qui resserra les pans de son mantel autour de lui.

— Que veux-tu me dire, Albrecht ?

Le garçon lui lança un coup d'œil en biais.

— Ne sois pas trop dur avec Sarah, je t'en prie. C'est une fille bonne. Elle est juste transie de peur. Et seule.

— On le serait à moins, surtout lorsque son peuple est mis à mort par des imbéciles et des fanatiques.

— Tu veux donc bien essayer de te montrer plus gentil avec elle ?

Thomassin tourna sa face couturée vers son vis-à-vis et planta ses yeux d'agate dans ceux d'Albrecht. Il le contempla longuement, avant d'exhaler un souffle qui se mua en une épaisse buée dans l'air glacé.

— Mon pauvre Albrecht… Tu te rends bien compte que jamais tu ne pourras vivre avec elle ? Que vous ne pourrez pas vous unir ? Que tout ceci est une folie qui demeurera pour toujours un inatteignable désir, une envie dévorante, mais inassouvie ? Un regret qui rongera tes entrailles jusqu'à la fin de tes jours ?

Le moine baissa la tête, les larmes au bord des yeux.

— Oui, murmura-t-il, je sais tout cela et mon cœur saigne. Pourtant… je ne peux empêcher ce sentiment d'envahir ma poitrine chaque fois que son regard croise le mien. Que nos mains se frôlent. Être auprès d'elle suffit à me rendre heureux. Je ne demande rien d'autre.

— Alors, il est trop tard déjà pour les leçons de morale, je me garderais bien de t'en faire d'ailleurs, je n'en ai pas la légitimité. Albrecht, j'aurais plus que tout souhaité t'épargner ces tourments, mais tu sembles déterminé à choisir ton calvaire. Ainsi va la vie, dans cette nef des fous. Fais attention.

Il se secoua comme pour réveiller ses membres engourdis.

— Tâche tout de même de préserver ta foi, nous aurons peut-être encore besoin du secours des Saintes Écritures et des reliques sous peu.

Sur ces mots, il l'abandonna à ses peines et se dirigea à grandes enjambées vers les sépultures dont les ombres se détachaient dans le noir.

Thomassin ne croyait pas si bien dire. Deux jours plus tard, Hannah succomba.

Alors qu'ils sellaient les chevaux et qu'Albrecht se battait avec Blandine pour qu'elle daigne accepter les sacoches sur son dos, les hurlements de Maritza avaient déchiré le calme du petit matin. Ils s'étaient précipités et les têtes ensommeillées des villageois qui parurent au seuil des portes ressemblaient à une haie d'honneur funèbre.

À l'entrée de sa masure, la mère de l'infortunée serrait le corps livide et désarticulé de son enfant contre le sien. Elle criait à en perdre la voix. Dès qu'ils l'atteignirent, Arnaud et Thomassin tentèrent de la relever et de la faire rentrer, mais rien n'y fit. Elle était comme clouée à la terre roide. Enfin, sous le voile de ses pleurs, elle leva un doigt accusateur vers eux.

— Vous ! leur cracha-t-elle, vous aviez promis, promis que mon enfant vivrait ! Que vous mettriez fin à tout cela ! Vous m'avez menti ! Soyez maudits, soyez tous maudits !

Elle s'affala à nouveau contre le cadavre de la jeune fille et sanglota à fendre l'âme.

Arnaud s'écarta, les larmes au bord des yeux, les bras ballants, réduit à l'impuissance. Albrecht murmurait ses prières dans un réflexe, Sarah lui serrait la main. Thomassin se détourna de la scène et se dirigea vers les montures.

— Que faites-vous ? interrogea timidement Arnaud.

— Je vais défaire nos bagages.

Abandonnant la pauvre femme éplorée aux mains des habitants, ils refluèrent bien vite vers le presbytère et le père Joseph pâlit alors qu'ils revenaient promptement.

— Hannah vient de passer, annonça Albrecht, Maritza va avoir grand besoin de votre secours.

Le prêtre ouvrit la bouche puis la referma avant de quitter l'enceinte de sa chapelle.

Une fois leur abri regagné, Thomassin poussa un juron sonore.

— J'ai fait trois fois le tour de ce satané cimetière depuis deux nuits et rien n'a bougé, j'en suis certain ! Comment est-ce possible ?

— Elle était très faible et peinait à se remettre, plaida Arnaud, elle aura succombé des suites des précédentes attaques.

— L'ermite… murmura Albrecht.

— Que marmonnes-tu là, Albrecht?

— L'ermite! Dans son manuscrit, *Historiae de spectriis, mortiis et magia posthuma*, il indique être persuadé qu'un être démoniaque, un grand corrupteur affranchi de la tombe, est à l'origine de ces infestations. Il en est convaincu! Dieu, cela m'a semblé si impossible que j'ai rejeté tout de suite cette hypothèse, sans même l'examiner.

— C'est assez inconcevable en effet, intervint Arnaud, et si contre nature…

— Nous sommes mal placés pour juger de ce qui est contre nature ou non, grinça Thomassin. Vous avez vu comme moi ce que la magie et la sorcellerie sont capables d'engendrer. Pour moi, au point où nous en sommes, l'existence d'un tel être est tout à fait envisageable.

— Un *manducator* originel… souffla Albrecht, une puissante créature de la nuit. Peut-être même un démon.

Il sentit un long tremblement parcourir son échine, comme si cet être abject pouvait se matérialiser devant lui par le seul fait de l'évoquer. Il se signa et vérifia la présence de ses scapulaires, ce qui le rasséréna un peu.

— Je vais me faire la voix de la science ici, une fois de plus, intervint Arnaud, tout cela me paraît trop simple. Quel pourrait être le rôle de ce… maître revenant, si tant est qu'il existe? L'ermite l'explique-t-il?

— Eh bien, ma foi, oui. Il indique clairement que, selon ses observations, ce dernier transformerait lui-même les morts en mâcheurs. Ce serait sa façon de s'assurer une descendance, en quelque sorte.

Arnaud afficha une moue sceptique, mais Thomassin les coupa, agacé par leur joute verbale.

— Que vous estimiez cela réaliste ou non importe peu en réalité, Bonneville. S'il existe, nous devons nous en assurer, le débusquer et le détruire.

— Soit, soit, approuva le médecin, après tout, rien de tel que la preuve par l'expérience ! Mais comment allons-nous procéder, dites-moi ? Le chasseur, c'est vous.

Thomassin scruta ses compagnons, l'air soudain grave.

— C'est un être d'une grande force, sans nul doute, et plus habile que les simples revenants que nous avons affrontés jusqu'ici. J'ai fait le serment de débarrasser ce village de cette menace, j'accomplirai ma tâche. J'y suis tenu. Albrecht n'a pas d'autre choix que de rester et m'assister. Mais vous… il fit un geste en direction d'Arnaud et Sarah, vous n'avez aucune obligation. Vous pouvez partir et refuser de risquer votre vie. Je le comprendrais sans peine et ne vous en tiendrais aucune rigueur.

— Moi aussi, approuva Albrecht dans un souffle.

— J'avais moi-même promis que j'aiderais ces enfants, c'est mon devoir et ma charge de médecin. Je ne me vois pas reculer maintenant, même si je doute toujours de l'existence d'un tel être. Ce ne serait pas faire honneur à mon serment.

— Sans le pouvoir d'Otto, la tâche peut s'avérer difficile. Le Golem nous sera sûrement utile, si cette créature de l'enfer est très puissante. Je reste, déclara Sarah d'une voix ferme.

Thomassin ferma les yeux tandis que ceux d'Albrecht s'emplirent de larmes.

— En parlant d'Otto, ne peut-on lui adresser un message ? questionna Arnaud.

— Nous ne savons même pas comment et où le joindre…

— Il a dit qu'il se rendait à Fribourg pour affaires.

— Le temps de l'atteindre et de revenir, Isabeau sera morte, elle aussi. Nous ne pouvons pas l'abandonner à son bourreau, quel qu'il soit. Nous devons affronter cette chose nous-mêmes.

Thomassin les regarda à tour de rôle et, frôlant ses épées bénites sous son long mantel noir, il leur adressa l'un de ses sourires qui tordaient son visage en une atroce grimace.

— Mes amis, la chasse est ouverte !

Chapitre XII
De Spectriis

On enterra Hannah le jour suivant sous une pluie battante qui transforma le cimetière en un charnier boueux et impraticable. La petite assemblée qui la porta en terre s'enfonça jusqu'au genou dans la glaise épaisse de la nécropole.

Thomassin préconisa au père Joseph d'écarter Maritza et de la confier à des proches. Ils prirent la route le soir même pour Kirksberg et plus loin, pour un ailleurs lointain, où elle pourrait peut-être se reconstruire. Il songea, en la regardant partir, que la fuite n'était pas une solution et que certaines plaies de l'âme ne guérissaient jamais. Il en savait quelque chose.

Restés en arrière, ils fourbirent leur plan d'action aussitôt. Albrecht, après avoir repassé le texte de l'ermite et ses notes sibyllines à s'en user les yeux, était parvenu à comprendre que tout se jouait la première nuit, dans la sépulture du futur revenant. Ce dernier, corrompu dans sa chair par la magie nécromantique, se levait pour revenir tourmenter les êtres les plus faibles.

— Hannah se relèvera et viendra, sans nul doute, s'attaquer à Isabeau, comme les deux autres avant elle. Nous avons donc une chance et une seule de surprendre le *manducator* originel dans son œuvre de nécromant, au moment où il va la tirer de la tombe. C'est là que nous devrons agir.

— Arnaud et moi, expliqua Thomassin, nous demeurerons près de la fosse et tenterons tout pour l'éliminer. Si nous échouons et que les deux revenants se dirigent tout de même vers la maison d'Isabeau, vous devrez vous tenir prêt.

— Je veillerai à sa sécurité avec Sarah et si besoin, le Golem les arrêtera tous les deux. Il ne me restera plus qu'à les exorciser et les renvoyer dans la tombe.

Thomassin jeta un œil surpris au jeune moine devant l'air affirmé qu'il arborait.

— Bien, acheva-t-il en souriant, je pense que nous ne pouvons pas faire mieux, vu les circonstances. Je compte sur vous.

Il jeta sur eux son étrange regard mordoré.

— Merci d'être présents, prononça-t-il dans un murmure presque inaudible.

— Enfin, ce n'est pas trop tôt ! railla Arnaud avec un franc sourire.

Les autres se joignirent à son hilarité, ce qui détendit quelque peu l'atmosphère. Thomassin n'avait pas souvent éprouvé les joies d'une sincère camaraderie. D'aussi loin qu'il se souvienne, après la disparition de sa bien-ai-mée, il s'était toujours senti seul. Cela lui convenait tout à fait, en tout cas ne lui déplaisait pas. Pourtant, il devait l'admettre, la présence de Sarah, d'Albrecht et d'Arnaud à ses côtés le réconfortait, lui apportait même un vague sentiment de chaleur. Il ferma les yeux et respira profon-dément. Il ne voulait, pour rien au monde, que quelque chose leur arrivât. Il passa une main sur son visage et sa vue se brouilla. Devant lui, le corps disloqué d'Albrecht apparut, suivi de Sarah, du sang plein sa robe, les pupilles dilatées par l'horreur. Enfin, Arnaud, gisant face contre terre. La vision le glaça et il se sentit incapable de bouger ou d'articuler le moindre mot durant quelques instants. C'était cela qui le tenait à l'écart de tous, qui le forçait à se montrer désagréable, dur. Cette peur sourde de perdre ce précieux sentiment, cette douce chaleur. Ce que l'on nommait amour ou amitié, qui le liait de façon indéfec-tible aux autres. Il ne voulait pour rien au monde que cela se reproduise. Il cilla, reprenant ases esprits.

Une main fraîche se posa sur son avant-bras et il re-vint à lui devant le regard interrogateur d'Arnaud.

— Tout va bien, Thomassin ?

— Tout va bien, lui répondit-il avec un sourire crispé, je suis simplement fatigué. Je vais aller me coucher, à présent.

Arnaud sourit derechef.

— Nous allons faire de même, nous aurons besoin de force pour la nuit qui vient.

Thomassin scrutait tant qu'il pouvait l'obscurité. Ses yeux le brûlaient une fois de plus et rendaient sa vision moins claire qu'à l'accoutumée. La fortune, une fois de plus, lui tournait le dos et lui montrait outrageusement son derrière. La lune à son dernier quartier dardait ses rayons argentés sur les croix, découpant leurs contours à la serpe sur la nuit d'encre. Thomassin bénit en silence l'astre pour cette aide providentielle. Dissimulé avec le jeune médecin non loin du tertre d'une tombe un peu surélevée, il avait une vue imprenable sur la sépulture fraîchement creusée qui renfermait le corps d'Hannah. À ses côtés, Arnaud claquait des dents et tentait de se réchauffer en frottant ses mains l'une contre l'autre.

— Bigre, le printemps est encore loin! murmura-t-il contre l'oreille du chasseur.

Ce dernier soupira de déception. Ils patientaient depuis de longues heures à présent et en dehors du ballet aérien des chauves-souris et de quelques oiseaux nocturnes, ils n'avaient rien remarqué d'anormal. Thomassin demeurait persuadé que la fille allait bientôt sortir de terre, le visage désincarné, les yeux écarlates, pour se diriger vers son ancienne amie. Il suffisait d'attendre encore un peu.

Il agita ses doigts roidis par le froid et tenta de dissiper les picotements désagréables qui les parcouraient. Il ne sentait déjà plus ses genoux, ankylosés par l'inconfort de sa position. La douleur commençait à le gêner, mais il ne pouvait renoncer. Alors qu'Arnaud poussait un énième soupir à fendre les pierres, un crissement se fit entendre. Thomassin lui agrippa le bras et le tira vers lui. Le médecin manqua se retrouver la tête la première dans la tourbe du cimetière. Il se redressa tant bien que mal et plissa les yeux pour distinguer dans les ombres mouvantes la tombe de la jeune fille. L'étrange bruit de succion résonna dans le silence de la nécropole, comme si l'on inspirait sous l'eau. Ou plutôt, sous la terre. Thomassin resserra les doigts sur l'avant-bras du docteur qui grimaça de douleur.

— Ça y est. Regardez.

Arnaud retint son souffle et se redressa. Ce qu'il vit le fit aussitôt reprendre sa position initiale, dissimulée derrière la motte de terre. S'il avait pu, il se serait enfoncé dans cette dernière pour ne pas contempler le spectacle qui se déroulait à quelques pieds à peine de leur cachette de fortune.

Le monticule qui couvrait la sépulture de la jeune fille se soulevait à intervalle régulier, de petits tas d'humus roulaient sur les côtés. On eut dit que le sol respirait, qu'une forme de vie abjecte et contre nature habitait en son sein et ne demandait qu'à sortir sous la lueur complice de l'astre nocturne. Telle une larve immonde enfantée par un insecte géant, Hannah, si l'on pouvait encore la nommer ainsi, luttait pour s'extraire de la gangue qui la retenait prisonnière. Une main fantomatique surgit de l'humus et, mue par une force inconnue, la revenante s'extirpa de sa tombe. Pâle, la peau presque translucide, elle huma l'air glacial autour d'elle d'un geste de préda- teur et releva la tête vers l'astre d'argent en un salut dé- moniaque. Sans prêter plus d'attention à son environ- nement, elle se mit en marche, d'un pas rapide, vers la sortie du cimetière. Elle avait presque atteint la petite enceinte quand Thomassin secoua Arnaud pétrifié par l'horreur à laquelle il venait d'assister.

— Suivons-là, vite ! Mais restons discrets. Si elle se retourne contre nous…

— Je sais, déglutit Arnaud, n'en dites pas plus, cette seule perspective me terrifie.

Thomassin compatissait à la peur du jeune médecin, mais ils devaient se précipiter à sa poursuite, sans se po- ser de questions. S'interroger à présent, c'était reculer. Ils ne pouvaient se le permettre.

Alors qu'ils s'élançaient derrière elle à une distance raisonnable, Arnaud retint le chasseur par un pan de son mantel.

— Ne devions-nous pas attendre que le fameux *man- ducator* originel se montre ? Il n'est pas apparu, n'est-ce pas étrange ? s'inquiéta-t-il.

— Si, admit Thomassin, mais nous n'avons pas le temps de nous appesantir là-dessus pour le moment. Nous nous en occuperons plus tard. Allons !

— Est-ce bien prudent de la suivre ainsi ?

— Il faut que nous découvrions ce qu'il se trame ici, et j'ai le pressentiment qu'elle va nous apporter des réponses ! N'ayez crainte, je vous protégerais.

Arnaud acquiesça alors que la peur lui nouait les entrailles. Une prémonition, aiguë comme une pierre, perça son esprit effrayé alors qu'il emboîtait le pas du chasseur.

L'instinct du médecin ne le trompait pas. Son mental tira à nouveau la sonnette d'alarme lorsqu'il comprit qu'Hannah ne les conduisait pas vers la maison d'Isabeau, mais les attirait à l'extérieur du village. Il accéléra pour se porter à la hauteur de Thomassin.

— Elle nous mène Dieu sait où, Thomassin ! geignit le médecin, effrayé, nous ferions mieux de rebrousser chemin. Il n'y a pas de revenant originel, vous avez vu comme moi. Retournons auprès des autres.

— Si elle ne se rend pas chez Isabeau, alors ils n'ont pas besoin de nous. Nous devons la suivre. Ne voulez-vous pas découvrir le fin mot de cette affaire ? Je suis certain qu'elle répond à un genre d'appel. Nous devons persévérer et, si nous le pouvons, y mettre un terme. N'est-ce pas pour cette raison que vous êtes resté ?

Arnaud approuva sans conviction, et continua d'imiter le chasseur qui poursuivait sa proie. Il sentait confusément, à travers le voile de terreur qui brouillait son jugement, que les rôles étaient en train de s'inverser.

Au bout de plusieurs lieues, les essarts s'effacèrent pour laisser place à une sombre forêt de résineux. Son souffle s'allongea et il comprit que le terrain s'élevait à présent vers une grande falaise de roches millénaires. Les reflets de l'astre lunaire projetaient des ombres irréelles sur les pierres et les troncs, leur conférant des formes étranges, changeantes. Qui savait ce qui se cachait dans ces endroits sauvages et isolés, oubliés des hommes? Fées, sorciers, lutins facétieux ou maléfiques, les légendes entendues durant son enfance, peuplées de ces créatures fantastiques, n'avaient jamais paru si palpables, vrais.

Il se mit à transpirer, malgré la fraîcheur de l'air. Il peinait à suivre le rythme et craignait de perdre de vue le chasseur sous l'épaisse futaie. Hors de question, pourtant, de s'arrêter. Il s'attachait aux pas de Thomassin comme un chien s'attache à ceux de son maître. Il n'aurait voulu pour rien au monde demeurer seul dans cet endroit sinistre, même un instant.

Enfin, ce dernier s'immobilisa. Arnaud leva les yeux en soufflant, frottant ses genoux rendus douloureux par l'ascension.

— Elle a disparu, assura Thomassin et cette évidence glaça le sang du jeune médecin.

— Quoi? Où? Je ne vois rien ici!

— Shhhh, du calme! Vous apercevez la barre calcaire qui s'élève devant nous?

Les pierres claires se détachaient sous le couvert des arbres, formant d'abord une sorte de cuvette, avant de se dresser vers des hauteurs invisibles.

— Oui… et?

— Un abri sous la roche doit s'y dissimuler. Une grotte. C'est là qu'elle s'est rendue.

— Vous êtes sur?

— Pas encore, mais ça ne saurait tarder.

Sur ces paroles, il s'élança vers le bas de la falaise et pour la première fois depuis de nombreuses années, Arnaud pria Dieu en son cœur avant de lui emboîter le pas.

Chapitre XIII
Necromancia

Thomassin avança avec prudence, Arnaud sur ses talons. Il pouvait sentir sa frayeur à son souffle saccadé dans son dos. Dans les ombres de la nuit, une anfractuosité, ménagée dans les flancs rocheux de la montagne, ouvrait sa gueule noire et béante.

— Cela ne me dit rien qui vaille, Thomassin. Je vous en conjure, abandonnons-la et retournons à Herzee-le-haut.

— C'est exclu. Maintenant que nous sommes ici, nous ne pouvons plus reculer. Nous devons découvrir la vérité. Un peu de courage, que diable !

Le médecin déglutit avec difficulté, une boule se forma dans sa gorge. Il n'avait qu'une envie, rebrousser chemin et délaisser Thomassin. Il n'aurait qu'à se débrouiller avec ce qui se terrait dans les entrailles de la montagne. Pourtant, ses pieds poursuivirent leur route et tous deux, ils pénètrent dans le ventre de la caverne.

Ses dimensions étaient bien plus imposantes que ne

le laissait présager la mince cicatrice qui se dessinait dans la pierre depuis l'extérieur. Ils avancèrent dans une sorte de boyau assez large qu'ils suivirent en tâtonnant. Arnaud sentait l'humidité qui suintait des murs et devinait sous ses doigts gourds les contours des stalactites. Un air chaud semblait exhaler du fond de la grotte, semblable à la respiration implacable de quelque animal endormi. Les légendes de dragon immense, gardien de trésors fabuleux et de basilic aux crocs brillants lové dans les souterrains assaillirent son esprit et il tenta de les en chasser à mesure de leur progression.

Le boyau commença à s'élargir, et une faible lueur rougeoya en son sein. Thomassin plissa les yeux et pressa le bras d'Arnaud pour qu'il se fasse le plus discret possible, alors que la lumière grandissait.

Ils débouchèrent alors sur une vaste salle de forme circulaire. Thomassin se dissimula du mieux qu'il put dans la galerie, tentant d'observer les lieux. Plus loin, sur la droite, un bassin naturel produisait une buée épaisse. Une source d'eau chaude. Voilà d'où provenait la douceur de l'air qu'ils avaient ressentie. Elle dégageait une odeur d'œuf pourri qui leur fit froncer le nez. Ce n'était pourtant pas l'élément le plus intrigant. La salle était éclairée par de lourdes torchères plantées dans la terre meuble au pied de la fontaine et sur les colonnes de calcaire. Leur lumière glissait sur les draperies de pierre et les fleurs de calcite qui conférait à ce décor impressionnant une allure féérique. Sur une table de bois aux proportions imposantes, de massifs candélabres projetaient une lueur orangée sur d'épais volumes. Des instruments de métal, dont le chasseur ne connaissait pas l'utilité ainsi qu'une sorte de globe de cristal translucide sur lequel il devinait des gravures étranges, côtoyaient les livres. Diverses fioles, emplies d'un liquide doré, complétaient l'ensemble. Au sol, des tapis de laine touffue déroulaient leurs ondulations et protégeaient les pieds du meuble de l'humidité.

— On dirait le cabinet d'un astrologue, murmura Arnaud, ou d'un alchimiste. C'est… très curieux.

Thomassin acquiesça. C'était même incongru, dans un endroit pareil. Ce qui l'inquiétait, cependant c'était l'absence d'Hannah la revenante. Où se cachait-elle? Y avait-il une issue, dissimulée dans l'un des recoins mal éclairés?

Il scruta encore les alentours et, ne décelant rien, avança vers la tablée. Arnaud tenta de le retenir, puis lui emboîta le pas pour ne pas rester en arrière.

Le chasseur examina un à un les objets si peu à leur place dans cet environnement. Trop de questions se bousculaient dans son esprit et il doutait d'en obtenir réponse aujourd'hui.

Arnaud étudia lui aussi les curieux instruments, qui lui rappelaient certains dont on faisait usage pour la chirurgie, à l'université. Leur facture était insolite, le métal dont ils semblaient composés, inconnu. Il s'attarda sur le globe et comprit soudain que les inscriptions reproduisaient la voûte céleste, la position de certaines constellations et des astres. Pour autant, il ne reconnaissait pas certains des éléments qui y étaient reportés.

Au centre, sur un petit trépied de métal, il avisa une sorte de large cube dont les flancs ajourés laissaient entrevoir des rouages qui tournaient de façon régulière. Là encore, les mouvements des planètes, de la lune et du soleil étaient reportés sur son devant, comme un astrolabe. Ils côtoyaient des phrases écrites dans une langue incompréhensible et des formules de calculs inintelligibles. Ces objets familiers, scientifiques, qui auraient dû le rassurer, se trouvaient mêlés à trop de données inexpliquées, dont l'incongruité dans cet endroit lui provoquait de longs sursauts d'ignorance. Il se sentait aveugle et idiot.

Il se retourna pour faire part à Thomassin de ses constatations, mais n'eut pas le temps de lui adresser un mot. Un feulement strident fendit l'air immobile et Thomassin se jeta sur lui, les envoyant rouler à terre un mètre plus loin.

Alors qu'il se redressait tant bien que mal, il vit qu'Hannah avait fondu sur eux à la vitesse d'un prédateur nocturne. Les cheveux en bataille, les yeux rougis, elle se tenait recroquevillée, griffes dehors, prête à attaquer derechef.

Thomassin ricana et son rire se répercuta sur les draperies de roches suspendues au ciel de la grotte. Il dégagea deux de ses lames bénites et écarta Arnaud d'un geste.

— Restez à bonne distance, je me charge de lui apprendre la politesse.

Râlant tel un félin, la revenante se rua sur Thomassin d'un bond puissant. Épées en avant, il esquiva souplement et lui asséna un coup oblique en direction du mollet. Le fer pénétra dans la chair comme dans du beurre et un grésillement s'éleva. Hannah hurla et tenta de rétablir son équilibre. Sa blessure exhalait une fumée à l'odeur écœurante. Elle se retourna vers Thomassin et lui montra les dents en une grimace qui la défigurait. Ce dernier profita de son avantage et allongea tout son corps en une admirable fente. La morte-vivante réagit une seconde trop tard et Thomassin l'épingla du bout de son épée au niveau de la poitrine. Il la souleva dans les airs avec force et son corps glissa le long de la lame. Elle se démena en une danse désarticulée, ne parvenant pas à se défaire du métal qui la consumait. Dans un atroce bruit de chairs déchirées, la lame la traversa de part en part. Un sang noir et épais jaillit de la meurtrissure de laquelle une brume dense s'évacuait. Le contact des lames bénites par l'abbé de Mittelsbach était toujours d'une redoutable efficacité contre les créatures d'outre-tombe. Thomassin la rejeta violemment et elle s'abattit au sol en geignant, son visage autrefois aimable, déformé par un mélange de fureur et de souffrance. Ses ongles crissèrent sur la pierre de la grotte alors qu'elle rampait vers son assaillant. Ce dernier se planta au-dessus d'elle et d'un geste précis, lui trancha le col.

Elle expira dans un borborygme indistinct. C'en était fini d'Hannah. Pour de bon.

Le chasseur repoussa ses cheveux en arrière et essuya ses lames sur l'épais tapis avant de les ranger au fourreau.

Un claquement sec, répété, se fit alors entendre dans le silence sépulcral de la caverne et Arnaud sentit son sang se glacer dans ses veines. Il se retourna pour voir émerger de la brume opaque une haute silhouette drapée dans une grande tunique de laine foncée au col de cuir rouge.

Des mains aux ongles absurdement allongés applaudissaient l'exploit de Thomassin avec un timbre macabre qui rappelait le glas.

Mais ce fut son visage qui transforma le médecin en stalagmite. Il semblait sans âge, les affres de la vieillesse cependant marquaient le coin de sa bouche pincée de fines rides et sa peau d'une pâleur de mort. Un front très haut surmontait un nez courbe et de longs cheveux blancs tombaient sur ses épaules en filaments soyeux. Dans cette face solennelle, des prunelles d'un bleu très clair à l'éclat glacial flambaient dans la pénombre. Un regard terrible et funeste, venu des temps immémoriaux et qui n'avait rien d'humain.

Le médecin ressentit un frisson de terreur le parcourir des pieds à la tête, une pure aura d'épouvante qui l'enveloppait, tandis que la créature s'approchait d'eux.

— Mes félicitations ! Je vous attendais.

La voix fantomatique résonna contre les voûtes de

pierres.

— C'était bien un piège, finalement, grinça Thomassin. Vous aviez raison, Bonneville.

Le physicien resta muet d'horreur, incapable de formuler un mot devant cette apparition qui défiait les lois de la nature, il le sentait.

— Pas un piège, non, continua la créature de son ton monocorde, disons plutôt une invitation. Vous me cherchiez, après tout. Me voici.

— Le *manducator* originel… murmura enfin Arnaud, les yeux exorbités d'incrédulité.

Sa langue pesait dans sa bouche desséchée comme si elle était faite de plomb. L'air vicié de la caverne commençait à lui monter à la tête. Il se palpa, comme pour vérifier qu'il ne rêvait pas et le geste fit sourire la créature, ce qui eut pour effet de transformer son visage hiératique en un masque terrible. Dans la large fente de sa gueule, deux longues canines gonflaient ses lèvres retroussées, lui conférant une allure de prédateur.

Sous le choc, Arnaud recula.

— C'est donc ainsi que vous me nommez, poursuivit-il. C'est amusant, ma foi.

— N'est-ce pas ce que vous êtes? intervint Thomassin. Je m'appelle Thomassin Von Knochen et je suis venu…

La créature pencha la tête sur le côté et lui lança un regard inquiétant.

— Je sais qui tu es…

— Fort bien, et vous, qui êtes-vous ?

— On m'a donné bien des étiquettes à travers les siècles et les pays que j'ai parcourus… strige, strigoï, revenant, nécromant… C'est le propre de votre espèce de désirer tout nommer, dans l'espoir de mieux comprendre ce qui vous dépasse, de l'intégrer. Et, plus tard, de le détruire.

— Peu importe comment vous vous nommez, répliqua Thomassin, vous n'êtes qu'un monstre, une abomination ! Nous sommes venus mettre un terme à tout cela, une bonne fois pour toutes !

Le nécromant éclata d'un rire sombre et Arnaud aurait voulu se boucher les oreilles pour ne pas entendre ce bruit sinistre et morbide. Il ressentit au plus profond de lui l'envie de fuir loin de cette créature nécromantique.

— D'autres ont essayé avant vous. De grands héros, d'illustres guerriers… aucun n'y est parvenu.

— Tant mieux, car c'est moi qui aurai donc l'honneur de vous tuer !

Thomassin porta la main à ses épées et Arnaud comprit dans l'instant l'erreur irrémédiable qu'il venait de commettre.

D'un geste d'une rapidité surnaturelle, la créature se jeta sur Arnaud sans que Thomassin puisse réagir. Il se sentit comme cloué au sol, les membres engourdis, parcourus de fourmis, dans l'incapacité de réagir.

Le monstre saisit le physicien à la gorge de ses phalanges osseuses et griffues et le souleva de terre tel un fétu de paille. Arnaud se débattit pour se défaire de la mortelle étreinte et le *manducator* resserra sa prise jusqu'à presque l'étouffer. Arnaud gémit sous la douleur et l'autre ricana. L'écho de sa voix sépulcrale se répercuta sur les murs de la grotte et inspira au chasseur démuni une profonde terreur.

— Ce n'est pas deux jeunes ambitieux comme vous qui me vaincront, je suis là depuis une époque antédiluvienne, lorsque l'homme, par orgueil, a voulu se faire l'égal des Dieux.

Thomassin secoua ses membres pour tenter de sortir de l'engourdissement qui le gagnait.

— Ne faites pas tant de manières, vil spectre, et expliquez-vous !

Il posait ces questions autant pour gagner du temps et trouver le moyen de délivrer Arnaud que pour la perspective où il pourrait donner son nom à Albrecht. Il savait que ce dernier en aurait besoin, en cas d'exorcisme.

— Jadis, énonça le revenant de sa voix profonde, à l'ouest du détroit que vos anciens appelaient les colonnes d'Hercule, se trouvait une île immense et comblée de richesses.

— Atlantis… murmura Arnaud d'une voix étouffée, le cou toujours emprisonné dans la poigne de fer.

— Je vois que j'ai affaire à des érudits… quel dommage ! Oui, tu as raison, jeune physicien, Atlantis. En ce temps-là, je régnais sur ce continent entre tous les continents avec trois autres monarques. On nous appelait Tétrarques[36]. Par la science, par la sagesse, par la justice et par la démocratie, nous avions établi une ère de prospérité et de bonheur pour tous les habitants de notre île bien-aimée, des êtres forts et d'une grande intelligence. Supérieurs en tous points aux simples humains. Confortés par notre expérience, gorgés d'un orgueil démesuré, nous avons cherché le secret de l'immortalité, qui nous élèverait au rang le plus haut des créatures de ce monde. Celui des Dieux. Nous réussîmes au bout de nombreuses années à concevoir un élixir de longue vie. Un profond sentiment de justice nous guidait, une volonté inflexible de conserver cet équilibre entre toutes les choses. Par la certitude que notre nation se devait de dominer les autres. Nous le consommâmes tous les quatre. Nous n'avions pas mesuré le prix à payer pour ce don extraordinaire… une soif inextinguible nous saisit. Une soif de sang… Nous ne souhaitions pas attaquer nos sujets, nous ne voulions que la prospérité sur Atlantis. Aussi, pris d'une frénésie funeste, nous menâmes des guerres sur toute la terre, contre chaque royaume, exigeant des tributs de chairs et de sang. Seule la nature pouvait mettre fin à notre règne de terreur. Et c'est ce qu'elle fit.

Thomassin écoutait, à moitié fasciné, à moitié médusé d'effroi, le récit improbable du nécromant. Disait-il vrai ? Malgré les écrits parvenus jusqu'à eux, l'existence d'Atlantis restait au pire une légende, au mieux, une fable

------

36　*Tetrarkhía* en grec, ou «gouvernement des quatre».

philosophique, qui démontrait la nécessité de demeurer humble et de ne pas se laisser dominer par l'hubris[37]. Tout comme Babel, Atlantis avait subi le courroux des divinités pour ses péchés.

— En un jour et une nuit, Atlantis sombra dans les eaux déchaînées, frappée de cataclysmes jamais vus. En une seule journée, tout ce que nous avions bâti, de notre sublime cité, Poseidonis, à notre île bénie tout entière. Tout fut rasé, englouti sous la violence des flots. Je fus séparé de mes trois acolytes et ne les ai jamais retrouvés. Cette nuit funeste, je fus emporté loin des miens par une lame de fond. Je me suis éveillé sur une plage isolée, tout au sud de la péninsule Hispanique. Un goût de métal emplissait ma bouche. Une soif insatiable me tenaillait et je compris que les Dieux, quels qu'ils soient, m'avaient épargné pour une raison bien précise. Ils souhaitaient me punir d'avoir voulu m'élever au-dessus d'eux. D'avoir désiré devenir leur égal, en me condamnant à un exil sans fin. Je décidais alors, prenant la lune et les étoiles du cosmos infini pour témoin, de ne pas renoncer au plan que nous avions élaboré avec mes frères. De me servir de mon don pour contrecarrer la volonté de ces divinités absconses de vous privilégier, vous, les humains.

— Vous appelez ça un don ? ne put s'empêcher d'intervenir Thomassin. Vous êtes-vous seulement miré dans une flaque d'eau, récemment ?

Le strige sourit sous l'insulte, dévoilant derechef ses

---

37 Orgueil, démesure.

crocs proéminents qui luisaient de salive sous la lueur des torchères.

— Je vis dans les ténèbres depuis si longtemps. Cela fait des millénaires que je vous contemple, que je suis le témoin invisible de vos échecs, de vos mensonges et de vos trahisons. Je me délecte de votre sang, me nourrit de vous dans les ombres de la nuit. Je vous inspire une terreur sourde et sans origine. Vous ne le savez pas, mais c'est moi que vous craignez, aux heures les plus sombres, quand la terre est plongée dans les ténèbres. Ce temps est bientôt révolu. Les fléaux qui vous accablent sont le signe que j'attendais. De plus grands malheurs encore que la peste vont venir. Et ces malheurs s'incarnent en moi. Vous me redoutez sans me connaître, mais votre peur aura sous peu un véritable nom. Le mien. *Conquête.*

Il acheva sa phrase en écartant ses lèvres violacées sur ses canines plus aiguisées que des coutels. Thomassin réussit enfin à sortir de la gangue de torpeur qui le tenaillait et porta la main au pommeau de l'une de ses lames. La goule fut plus rapide. Il planta ses dents dans la gorge d'Arnaud, déchirant la chair tendre. Ce dernier se mit à hurler à pleins poumons. Un cri de dément qui mourut sur ses lèvres en un instant. Sa tête retomba sur ses épaules, inerte. Toujours souriant, le monstre millénaire renversa la sienne en arrière alors que le cruor[38] vermeil d'Arnaud dégoulinait sur son menton. Une expression extatique se peignit sur son visage cireux. Re-

---

38 Sang.

pue, la créature adressa un immense rictus à Thomassin qui s'était figé d'horreur et, d'un coup rapide et puissant, brisa la nuque du physicien. Thomassin entendit le craquement sinistre des cervicales du médecin qui se rompaient comme du bois sec dans le silence de la caverne.

Conquête rejeta le corps de l'infortuné au loin, qui s'écroula le long d'une paroi suintante tel un pantin de chiffon, sans une once de vie. Sa tête s'affaissa, formant un angle peu naturel avec le reste de sa dépouille et ses yeux vitreux contemplèrent une dernière fois le chasseur. Thomassin ferma les siens. Arnaud était mort.

Lorsqu'il les rouvrit, une rage sourde s'était emparée de lui et tout son être frémissait sous son assaut. Les lames bénites glissèrent hors de leur fourreau, leur fer luisit dans les ombres changeantes de la caverne.

— Finissons-en, siffla-t-il entre ses lèvres desséchées par l'angoisse.

— Allons, crois-tu vraiment pouvoir m'abattre ? Je suis parvenu jusqu'ici à travers les millénaires, je suis bien plus fort que toi. Puis, je n'ai aucune envie de t'affronter, je t'apprécie en réalité, sais-tu ? Je suis venu en paix…

— C'est en t'en prenant à de pauvres innocents que tu espères amener la paix ? Pas de chance pour toi, car comme notre Seigneur Jésus-Christ, je ne suis pas venu t'apporter la paix. Mais l'épée[39].

Sans un mot de plus, Thomassin fondit sur la créature, lame en avant.

---

39   Évangile selon saint Mathieu.

L'autre ricana et esquiva l'assaut sans presque bouger. Il semblait glisser sur le sol inégal. Thomassin ne se découragea pas et affermit sa garde. Il attaqua derechef, prenant cette fois son adversaire à contre-pied. Conquête s'écarta de la ligne de touche, et les fers sifflèrent dans le vide. Il l'avait frôlé. Il devait être plus rapide, plus réactif s'il voulait le frapper. Venger Hannah. Venger Arnaud. Défendre ce qui pouvait encore l'être. Il inspira profondément, garda le rythme et enchaîna les coups, de plus en plus vite. En vain. L'autre se déplaçait sans presque un mouvement, tel un esprit. Pourtant, à l'inverse de ces derniers, Thomassin savait qu'il était composé de chair corrompue. Il pouvait le blesser. Les assauts se multiplièrent, sans effet. À bout de souffle, le chasseur rassembla les forces qui lui restaient.

— *Le Seigneur est mon berger*, psalmodia-t-il, *je ne manque de rien. Si je traverse les ravins de la mort, je ne crains aucun mal. Car tu es avec moi !*[40]

À ces mots, les psaumes gravés dans le métal miroitèrent d'un éclat nouveau et Thomassin profita de la surprise qui se peignait sur les traits du revenant pour se fendre vivement. Le fer rencontra la chair molle et glacée de la créature de la nuit et s'enfonça de quelques centimètres dans son épaule. Conquête mugit, alors que la lame pénétrait sa peau en grésillant comme si elle était chauffée à blanc. Il recula sous l'impact, lança à Thomassin un regard de haine pure avant de réciter :

---

40   La sainte Bible, psaume 22.

— *Voici la plaie dont l'Éternel frappera tous les peuples qui auront combattu contre Jérusalem : leur chair tombera en pourriture tandis qu'ils seront sur leurs pieds, leurs yeux tomberont en pourriture dans leurs orbites, et leur langue tombera en pourriture dans leur bouche*[41]… Je connais les mots de ton Dieu, j'étais là bien avant lui. Vois, il vous a abandonnés, car c'est moi, la plaie qui vous accablera tous et vous réduira en esclavage pour les siècles des siècles !

Thomassin se redressa et raffermit sa prise sur le pommeau de ses épées dont les psaumes brillaient toujours d'un éclat vif, surnaturel. Non, le Seigneur ne l'avait pas délaissé. Il pouvait gagner. Il se ramassa sur lui-même et fondit sur son adversaire. Ce dernier esquiva encore l'attaque et, d'une poigne surhumaine, saisit son bras et le tordit dans son dos si violemment que le chasseur sentit les os de son épaule se disloquer sous le choc. Sa bouche se déforma en une grimace de douleur et il hurla. Les lames bénites cliquetèrent sinistrement sur le sol, inutiles, leur feu sacré s'éteignit. Il avait perdu.

Conquête approcha ses lèvres aux crocs luminescents de son oreille.

— Il suffit. Je suis trop puissant, je te l'ai dit. Je possède un immense pouvoir, un pouvoir bien plus terrible que tu ne peux l'imaginer. Mais je suis aussi bon prince et je vais te le prouver. Ce privilège, je peux le partager avec ceux qui le méritent et me jurent fidélité. Je peux t'offrir bien plus que cette misérable vie d'errance au ser-

---

41 La sainte Bible, Zacharie, psaume 14 : 12.

vice d'un Dieu ingrat, qui t'ignore et te méprise. Qui t'a enlevé ce que tu avais de plus précieux…

Tels des serpents, les paroles venimeuses s'insinuaient en Thomassin. Il ferma les yeux, et il regretta de ne pouvoir clore aussi ses oreilles aux appels séducteurs du nécromant.

— Je te l'ai dit, continua l'autre de sa voix doucereuse, je t'apprécie. Je sais reconnaître le talent quand je le rencontre. Je vais te prouver l'étendue de ma puissance… J'ai un présent pour toi.

Il le lâcha brutalement et Thomassin tomba à genou, heurtant la pierre froide de la caverne. Il haletait sous la douleur qui voilait son regard et se força à relever la tête. Devant lui, Conquête s'écarta. Le cœur affolé comme un oiseau pris au piège, Thomassin scruta le fond de l'antre et ce qu'il vit manqua de lui faire perdre le peu de raison qu'il lui restait.

Dans les ombres mouvantes de la grotte, sous le rideau de vapeur de la source, une longue silhouette blanche se détacha, comme surgie du néant. Miracle de beauté au milieu d'un champ de ruines, fleur poussée sur un tas de fumier, elle s'avança, les pans de sa robe foncée flottant sur ses courbes élancées. Sa peau diaphane paraissait presque translucide, d'une pâleur irréelle. La finesse de ses chevilles et de ses poignets était telle qu'on aurait pu la croire confectionnée de verre. De longs cheveux cendrés encadraient un visage mince et osseux, duquel ses lèvres vermeilles et ses yeux d'un noir d'obsidienne ressortaient. La souffrance qui enserra alors sa poitrine lui fit oublier celle qui cuisait son épaule.

— Thomassin…, susurra-t-elle.

Il espéra que la terre s'ouvre sous ses pieds pour l'engloutir tout entier et mettre fin à ce simulacre. Il n'en fut rien et le doux prénom qu'il n'avait plus prononcé depuis des années franchit ses lèvres douloureuses sans qu'il en ait conscience.

— Esmelda… hoqueta-t-il alors qu'une larme roulait sur sa joue couturée.

Le rire acide de Conquête retentit derrière lui. La goule se pencha vers lui.

— Tu vois, je sais offrir. Je te laisse à tes retrouvailles. Choisis judicieusement ton camp. Si tu te détournes, je serai sans pitié.

Tel le spectre qu'il était, il reflua dans les ombres, mais déjà, subjugué par la troublante apparition, Thomassin ne l'écoutait plus.

Chapitre XIV
Et in Arcadia"

Sarah remonta la manche de sa robe d'un coup sec et les lettres qui dansaient sur son avant-bras se découpèrent sur sa chair fine. Elle passa sa main sur les glyphes et prononça les paroles secrètes. La fine buée de son haleine dessinait des arabesques dans le froid glacial.

Comme si on avait soufflé dessus, la petite statuette de terre cuite se mit à grossir et emplit tout l'espace de sa masse sombre et dense, plus noire encore que la nuit elle-même. Seuls les yeux du Golem flamboyaient dans l'obscurité, unique trace d'activité dans ce pantin d'argile. Elle lui fit un signe et le géant se plaça à quelques mètres de la porte d'Isabeau, sur le pas de laquelle Albrecht l'attendait. Il était accompagné de François dont les doigts blanchissaient en serrant le manche d'une immense faux.

— Qu'ils viennent à présent, murmura le jeune homme.

— Nous sommes parés, confirma le moine d'une

voix ferme.

Il avait profité des dernières lueurs du jour pour bénir toute la maison et ses habitants et planter, avec l'aide du père Joseph, crucifix de bois et eau bénite dans tous les recoins possibles. Le bon prêtre, tout comme le reste de la petite communauté, se terrait à présent dans la chapelle du bourg, à l'abri derrière l'enceinte sacrée.

De longues torchères brûlaient tout autour de la masure pour éclairer les ténèbres environnantes. Les revenants pouvaient venir chercher la jeune fille, ils ne se rendraient pas si facilement. Sarah se dirigea vers eux et Albrecht lui tendit sa main qu'elle saisit avec avidité. Elle sentit son cœur se réchauffer à son contact et ses yeux s'embuèrent. Elle espérait que tout irait pour le mieux, qu'ils parviendraient, tous ensemble, à chasser ces abjectes créatures sans subir le moindre mal. Le Golem les protégerait. Elle n'échouerait pas une seconde fois.

Les trois jeunes gens regagnèrent l'intérieur de la maison où le feu central dispensait une douce chaleur. Isabeau avait délaissé sa chambrée et tous se tenaient désormais autour du foyer dans la plus grande pièce, la plus éclairée, la plus simple à surveiller.

Une longue attente commença.

Alors que les profondeurs de la nuit enveloppaient la chaumière et que Sarah et Isabeau somnolaient, un bruissement étrange se fit entendre. Tous furent sur le qui-vive en un instant.

Les filles se saisirent les mains et François resserra

encore sa prise sur son arme improvisée. Albrecht, scapulaires en avant, sortit de son écrin de tissu le doigt de saint Théodulfe et le glissa dans l'une des poches de sa coule, tout contre son cœur. Le râle s'intensifia, jusqu'à retentir vers le mur opposé, vers la chambre d'Isabeau. Un grattement appuyé effleura les volets de bois, suivis d'un chuintement sonore et hargneux.

— L'eau bénite, murmura le jeune moine, ils ne peuvent pas entrer, rassurez-vous.

Ses compagnons, le visage anxieux, acquiescèrent. Tous tendirent l'oreille, essayant de deviner quand Hannah parviendrait à la porte. À ce moment, ils sortiraient pour se charger d'elle tandis que Thomassin et Arnaud les rejoindraient et leur indiqueraient où se trouvait le nécromant. Le Golem n'aurait plus qu'à entrer en action.

Telle une brume impalpable, la nervosité montait dans la maisonnée. Les étranges bruits ne cessaient pas au-dehors, plusieurs plaintes se firent encore entendre, preuve que la créature tentait toujours de pénétrer dans l'habitation par le côté le moins exposé. Albrecht contemplait François qui, crispé sur le manche de bois, semblait ne plus pouvoir se contenir, une fine sueur couvrait ses tempes.

— C'est trop long... murmura-t-il, pourquoi ne vient-elle pas à la porte ?

— Ces créatures, si elles sont dénuées de l'intelligence que notre Seigneur nous a accordée, ne sont pas idiotes pour autant, hélas ! tempéra Albrecht, si elle a senti quelque chose, elle se méfie peut-être ? Nous l'avons vu au cimetière, elles possèdent une certaine malignité.

— Une malice démoniaque, oui ! cracha le jeune homme, pour faire le mal et détruire ! Cela doit cesser.

— Nous allons tout faire pour…

Alors que le moine prononçait ces mots apaisants, un coup sourd leur parvint, au-dessus de leur tête. Quelques brins de chaumes tombèrent en pluie depuis le plafond, qu'ils contemplèrent avec incrédulité.

— Le toit… cette saleté est sur le toit ! Le seul endroit que nous n'avons pas protégé !

— Ni bénit… murmura Albrecht, alors qu'un spasme de terreur parcourait son échine.

Il jeta un regard aux deux jeunes filles, mais elles conservaient leur calme et une lueur de détermination animait leurs prunelles. Un grattement au volet sur leur droite les fit sursauter.

— C'est impossible, elle ne peut être là-haut et en même temps…

Il comprit alors que les dernières syllabes franchissaient ses lèvres.

— Par le seigneur tout puissant ! Hannah n'est pas seule, ils sont plusieurs !

Comme pour confirmer les propos de François, des craquements retentirent en écho dans toute la maisonnée.

— N'ayez aucune crainte, affirma Sarah, le Golem peut s'en charger.

— Tenons-nous-en au plan, assura Albrecht,

attendons le signal de Thomassin.

Il espérait de tout cœur que ses deux amis n'avaient pas eux-mêmes fait face à une horde de morts-vivants et qu'ils allaient bien. Une petite voix s'insinua en lui, lui susurra que non, tout n'allait pas bien, et le doute le gagna.

Au faîte, là où les grands madriers de la charpente se rejoignaient, le vacarme s'intensifia et le chaume se mit à chuter par paquet sur le sol de terre battue.

Les autres jeunes gens se jetèrent des regards affolés et Albrecht se souvint avec effroi des griffes des deux *manducatores* qui s'étaient échappés de leur tombe.

Sarah aussi se le rappelait et elle se demanda si ces derniers ne pouvaient pas se frayer un chemin à travers la paille et leur tomber dessus.

— Il se passe quelque chose d'anormal, nous devons sortir ! clama François qui était parvenu au même constat.

— Non, nous devons demeurer à l'intérieur, nous y sommes plus en sécurité ! **Nous devons** guetter le signal de Thomassin…

— Thomassin ne viendra peut-être pas ! Nous ne pouvons rester sans agir et attendre que ces créatures nous dévorent !

— Il viendra, soutint Albrecht avec toute la foi dont il se sentait capable, il vient toujours !

Le toit se mit à craquer de toutes parts.

— On ne peut pas demeurer sans rien faire, c'est une ruse. Nous mourrons si nous demeurons ici, il faut sortir !

Albrecht baissa la tête. Le jeune homme avait raison. Si plusieurs revenants s'en prenaient à eux et réussissaient à entrer dans la maison, alors ils périraient. Le Golem était à l'extérieur et les seules prières ne viendraient pas à bout de trop nombreux ennemis.

— Soit, admit-il à contrecœur, allons-y et voyons ce qu'il en est. Mais restons groupés. Sarah, crois-tu que le Golem puisse faire écran de sa masse et nous protéger ?

— Bien sûr, assura-t-elle du ton le plus calme possible, je dois juste lui en donner l'ordre. Pour le moment, il garde la porte et c'est sûrement pour cela que les morts-vivants ne s'y aventurent pas.

— Très bien, répondit Albrecht d'un ton affirmé, nous allons nous poster derrière lui et empêcher les revenants de saisir Isabeau. C'est elle qu'ils veulent. Nous devons la protéger coûte que coûte. Jusqu'à l'arrivée de Thomassin. Ou de l'aube. Nous sommes contraints de tenir.

Un coup sourd retentit et le toit se creva soudain. Il révéla le bras décharné et livide d'une des créatures. Isabeau retint le cri qui montait dans sa poitrine et les trois autres se levèrent d'un bon, renversant escabelles et tabourets. La main griffue battait l'air frénétiquement, à la recherche d'une prise.

Albrecht se redressa et fixant le membre indésirable, sortit sa petite bible et commença à psalmodier.

— *Oui. Amen ! Je suis l'alpha et l'oméga, dit le Seigneur*

Dieu, celui qui est, qui était, et qui vient, le Tout-Puissant…[42]

Les paroles sacrées lui firent l'effet d'un coup, le bras se tordit et se recroquevilla. Le jeune moine lança vers lui quelques gouttes d'eau bénite et la chair se mit à crépiter, devint noire comme de la suie, recroquevillée en un moignon inutile. La créature sur le toit, captive de la paille touffue, hurla dans la nuit. Une épaisse fumée à l'odeur écœurante de chair brûlée envahit la pièce et tous se couvrirent la bouche.

— Il nous faut sortir ! Allons !

Ils se dirigèrent vers la porte, Sarah et François ouvrant la marche, Albrecht toujours récitant et Isabeau sur les talons.

— Vous êtes prêts ? demanda François paume posée sur le grand battant de bois, alors, on y va !

En rangs serrés, les quatre jeunes gens avancèrent dans les ténèbres encerclant la maison, asile devenu piège. François referma précautionneusement cette dernière, et ils restèrent ainsi, dos au mur protecteur.

Sarah murmura dans le vent et la masse immense du Golem se déplaça instantanément, érigeant un rempart entre eux et la nuit. Un silence mortel régnait dans l'obscurité glacée, contrastant avec le vacarme intérieur. Ils ne virent d'abord rien, que le cercle de lumière des torches et les étoiles scintillantes au firmament. Puis, une ombre se dessina à leur gauche, suivie par une seconde. Les revenants étaient bien là.

---

42 Apocalypse, 1,8.

— Ce n'est pas Hannah, souffla Isabeau, mais où est-elle donc ? Que se passe-t-il ?

— Pas de Thomassin, pas d'Arnaud… je vous l'avais bien dit, quelque chose n'a pas dû se dérouler comme prévu… nous n'avons pas le choix.

— Nous tiendrons jusqu'à l'aube, je vous le promets.

La voix ferme, Sarah leur adressa un grand sourire franc. Le frère et la sœur lui en furent reconnaissants.

Les morts leur tournaient autour, n'osant approcher le Golem et repoussés par les paroles saintes qui ne cessaient de couler de la bouche d'Albrecht telle l'eau sourdant d'une fontaine sauvage. Comme à chaque fois, une aura sacrée l'enveloppait et il en était transfiguré. Il ne ressentait plus ni angoisse ni peur. Cela dura un long moment et François se surprit à croire qu'ils pourraient les tenir ainsi à l'écart sans dommage, quand l'un d'entre eux se jeta sur eux de front. Il n'eut pas le temps de lever son arme de fortune que le Golem l'avait déjà intercepté. De sa poigne phénoménale, il broya la créature qui s'éteignit en un horrible gargouillement de sang.

La vue du cruor fut comme un signal pour les êtres de la nuit et soudainement, ils frappèrent tous à l'unisson.

Le géant d'argile en assomma deux et leur crâne éclata sous l'impact d'une violence inouïe. Des esquilles d'os volèrent dans les ténèbres et Sarah qui dirigeait son Golem, en ressentit la morsure sur sa joue tendre qui se couvrit de gouttelettes pourpres.

Albrecht continuait sa litanie. Sa voix, de plus en plus

forte, résonnait tel le glas un jour d'enterrement. Un étrange halo doré semblait se former autour de lui et Isabeau se colla à lui, comprenant, malgré la confusion qui régnait, que cela la protégerait. François ne demeura pas en reste et d'un geste ample rompu par l'habitude, décapita un *manducator* qui tentait de s'approcher en rampant. Le sang noir de la créature l'éclaboussa et il se redressa pour faire face à une autre qui subit le même sort funeste.

— Par dieu, mais combien sont-ils ? souffla le jeune homme en sueur.

— Je ne sais, répondit Sarah essoufflée, mais j'espère que ces coups-là vont les décourager !

Le calme retomba et le froid s'abattit de nouveau sur leurs épaules qui fumaient sous leurs efforts. On n'entendait plus que leurs respirations saccadées et la voix d'Albrecht toujours aussi forte. Sarah inspira et se détendit un peu. Elle regarda François, dont la face barbouillée de sang lui rappela douloureusement les tortures subies par son peuple. Elle étouffa le chagrin qui montait en elle pour le muer en une rage sourde qu'elle transmettrait à son protecteur dépourvu d'âme.

Le garçon abaissa son arme et jeta un œil à sa sœur. Recroquevillée derrière Albrecht, elle ne semblait pas souffrir du moindre mal. Cela le rassura. Il aurait fait n'importe quoi pour qu'elle survive. C'était la seule famille qui lui restait.

Ces instants d'accalmie leur firent relâcher leur garde,

une seconde de trop. Un rugissement provint du sommet du toit et, en un éclair, deux des *manducatores* fondirent sur eux tandis qu'un autre s'effondrait depuis la hauteur, toutes dents dehors, sur Albrecht. Le moinillon perdit l'équilibre, lâcha sa bible et tomba en arrière.

— Albrecht! hurla Sarah, trop occupée à diriger le Golem qui écrasait les deux morts-vivants de son étreinte d'acier.

François se précipita sur sa sœur pour la protéger alors que les mâchoires de l'abject revenant se refermaient sur la chair tendre du jeune moine.

Chapitre XV
L'heure du destin

L'étreinte glacée des bras d'Esmelda se referma sur les épaules de Thomassin et il l'enlaça à son tour. Elle enfouit dans son cou son visage gracieux, d'une pâleur de mort, comme elle le faisait autrefois et des émotions oubliées le submergèrent. Le chasseur demeurait incrédule, sentir contre lui les courbes du corps de son infortunée épouse était une sensation qu'il avait cru perdue à jamais. Malgré les ans, les souvenirs étaient toujours aussi vivaces, tout comme la blessure de son cœur encore plus béante que celle de sa face.

— Rejoins-nous, lui susurra-t-elle d'une voix suave, lancinante, rejoins-nous, Thomassin. Tu verras comme c'est merveilleux. On se sent si fort. Si neuf. Une puissance terrible nous habite. Viens, nous vivrons ensemble pour toujours. Tu me l'as promis, rappelle-toi.

Il ne se rappelait que trop bien. Les yeux clos, les souvenirs affluèrent dans son esprit, aussi clairs que s'ils s'étaient déroulés la veille. Les rayons du soleil poudreux descendant sur les parchemins roulés sur son bureau, dans son cabinet de travail. L'odeur envoûtante du jasmin qui grimpait, l'été, le long des pans de bois de leur maison. Les vives couleurs des giroflées dans leurs pots de terre qu'elle adorait placer sur les rebords des fenêtres et dont elle confectionnait des tisanes pour apaiser ses nerfs. La lueur crépitante du feu de la grande cheminée qui se reflétait sur ses longs cheveux blonds et sa peau nue, le soir. La douceur de sa main fraîche sur ses yeux brûlants de fatigue lorsqu'il travaillait trop. Tout cela lui revenait, en vagues, en bouffées de nostalgie mêlées d'une atroce culpabilité qui lui broyait le cœur. Même après son décès, il n'avait pas su protéger l'âme de son épousée. Il avait fait le serment de lui éviter la damnation, mais c'était bel et bien perdu. L'espoir d'un salut, d'une éternité, ensemble, s'étiolait puisqu'elle avait rejoint l'armée de ce vil strige. Tout cela était mort, et bien mort. Réduit en cendres depuis des années. Tout comme elle.

Le ton d'Esmelda se fit plus impérieux, son étreinte, plus vigoureuse. Elle comprimait les côtes de Thomassin, dont le visage se couvrait de larmes qu'il ne parvenait pas à retenir, noyé sous le flot de remembrance qui envahissait son cerveau. La voix aux accents séducteurs s'insinuait en lui, tel un serpent qui rampait dans les hautes herbes, les yeux brillants comme des escarboucles. Il ferma plus encore les paupières et il aurait voulu pouvoir clore ses oreilles pour ne plus entendre la litanie de l'ombre de sa femme qui cherchait à l'attirer vers les ombres. Pourtant, ce serait si facile de se laisser aller, là, tout de suite. De s'abandonner à elle, à sa bouche luisante et à ses crocs proéminents. Thomassin se sentait fatigué, las de lutter contre des forces qui le dépassaient. Après tout, une éternité de damnation ne pouvait pas être si terrible, s'il la passait à ses côtés.

Au prix d'un dernier effort, sa main quitta les hanches de l'apparition pour glisser le long de sa cuisse, sous son mantel. Dans un ultime sursaut, elle s'agrippa au pommeau d'une dague dissimulée sous un renflement de son haut-de-chausse. Le fer miroita dans la pénombre. Le spectre émit un hurlement rauque et surpris, tandis que Thomassin plantait son poinçon dans la chair morte et appuyait de toute la force qu'il lui restait. Ce qui avait été autrefois son épouse recula sous l'impact et une étrange fumée se dégagea de la blessure qu'il lui avait infligée. Ce ne fut plus alors la douce jeune femme qui se tenait devant lui, mais une revenante au visage déformé par la haine, tous crocs dehors. Malgré le chagrin qui le submergeait, Thomassin n'hésita pas une seconde. D'un geste vif et précis, il récupéra l'une de ses épées au sol et abattit la lame, décapitant sa femme.

Sa tête, les yeux encore écarquillés par la stupéfaction, roula jusqu'à ses pieds.

— Je me souviens, oui, déclara-t-il d'une voix éraillée de sanglots. Dans la joie comme dans la douleur.

Thomassin ne croyait plus en la joie et la douleur

était sa vieille compagne depuis des années. Depuis que la vraie Esmelda avait péri. Il se sentit soudain vide et l'accablement le gagna. Une plainte rauque monta de sa poitrine et il maudit le ciel. N'avait-on pu la laisser en paix ? Ses péchés étaient-ils si grands qu'il ne connaisse jamais le repos ?

Il écarta du bout du pied le chef de la morte et s'avança, sans plus la regarder, vers la table toujours bien en place. Il constata que l'orbe et le cube avaient disparu. Cette satanée goule avait dû les emporter sans qu'il le voie, c'était sans doute des objets chers à son cœur, si tant est qu'il en possédât un. Il nota mentalement ce détail. Il tenta de graver dans son esprit tout ce dont il pouvait se souvenir, car la traque à venir nécessiterait des informations. Il avisa les deux plus petits ouvrages reliés et sans en déchiffrer les titres, les glissa dans l'une des poches de son large mantel. Il se dirigea vers le corps du pauvre Arnaud de Bonneville, qui gisait toujours contre la paroi humide de la caverne.

Il s'accroupit près de lui, posa une main sur son front et baissa la tête en murmurant une prière. Il regretterait ce compagnon à la fois savant et désinvolte. Il ne pouvait pas le laisser là, malgré son épaule endolorie et son instinct qui lui hurlait de redescendre à Herzee-le-haut. S'ils étaient tombés dans un piège, alors les autres devaient aussi être la proie de la roublardise du revenant antédiluvien. Abandonner son compagnon d'infortune était cependant au-dessus de ses forces. Qui sait ce qu'il adviendrait de lui, si Conquête revenait?

Il hissa du mieux qu'il put le jeune médecin sur son dos à l'aide de son bras valide et sortit promptement de la grotte. Dehors, rien n'avait changé. Les étoiles poursuivaient leur course immuable et la lune illuminait encore la nuit froide de ses rayons lactescents.

Il grimaça sous le poids de son fardeau et entreprit sa descente vers le village.

Albrecht ne comprit rien de ce qui lui arrivait et chuta, déséquilibré par le poids qui venait de s'abattre sur lui. Il bascula en arrière et se retrouva la face collée à celle d'un de ces épouvantables revenants, écumant de rage. Il vit les mâchoires larges et hérissées de canines grises s'ouvrir et sans pouvoir le refouler, la créature plongea vers sa poitrine et lacéra le tissu de sa longue robe de laine.

Alors qu'elle atteignait la chair et s'apprêtait à dévorer son cœur, un éclair lumineux déchira l'air dans un sifflement aigu. Le revenant fut repoussé par un souffle puissant et catapulté quelques mètres plus loin où il se tordit sur le sol roide dans d'atroces souffrances. Son maxillaire à moitié arraché par l'impact de la vive lueur pendait piteusement sur le côté tandis qu'il se débattait, fumant, avant de se ratatiner en un tas de cendres infime.

— Albrecht! Albrecht! cria Sarah en se précipitant

vers lui, ses beaux yeux sombres emplis de larmes.

Le jeune moine se redressa avec précautions et palpa son torse et ses côtes. Il n'avait rien. Un halo de lumière dorée l'enveloppait toujours, bien qu'il eut cessé ses prières. Étourdi, il tenta de rassembler ses esprits et distingua alors, coincé dans son scapulaire ornementé de broderies sous le tissu troué, le doigt momifié de saint Théodulfe. La relique luisait d'un éclat merveilleux, qui pulsait comme un battement de cœur. C'était elle qui lui avait sauvé la vie. Il remercia Dieu de lui avoir confié un bien aussi précieux et sourit en songeant que jamais plus Thomassin ne pourrait critiquer les braves Saints et leurs ossements. Les voies du seigneur étaient bien impénétrables. Il comprit, dans un éclair soudain de lucidité, qu'il n'était pas touché par la grâce pour rien. Si on l'épargnait aujourd'hui, c'était parce que d'autres tâches, bien plus difficiles encore, l'attendaient. Tout don impliquait un jour ou l'autre, un paiement.

Il allait se lever, mais Sarah s'abattit au creux de ses bras. La jeune fille pleurait et s'agrippait à lui comme si un gouffre allait s'ouvrir sous ses pieds et l'engloutir.

— Albrecht, je t'ai cru mort! Oh, Albrecht, j'ai eu si peur! Je crois… je crois que je ne supporterais pas de te perdre!

Elle cacha son visage sillonné de larmes et la honte dans ses mains, ne voulant pas affronter les conséquences d'une telle déclaration. Elle avait fini par s'avouer à elle-même la force des sentiments qui la bouleversait, mais elle n'avait aucun droit de les proclamer. Elle n'avait pas la force d'affronter le mépris et le dégoût dans le regard du jeune homme.

D'un geste d'une grande douceur, ce dernier saisit la tendre figure de la jeune juive entre ses paumes et constata les plaies que les récents combats y avaient imprimées. Tout en y passant délicatement la pulpe d'un doigt pour en effacer le sang mêlé de larmes, il lui sourit de toute la grâce de son regard clair.

— Je vais bien, je vais bien. Dieu m'a sauvé, Sarah.

Il embrassa son front avec amour et Sarah parvint à lui rendre son sourire entre les sanglots qui ne cessaient pas.

— Dieu nous a tous sauvés, déclara François, en pointant le menton vers les hautes nuées.

L'obscurité refluait sous les premiers assauts de l'aube qui perçait ses flancs de traits de lumière rose. Le matin arrivait.

Albrecht se redressa, aidé par François et Sarah. Les jeunes gens se tinrent sur le pas de la porte pour contempler l'avènement de l'aurore qui amenait leur salut. Elle levait sa lumière triomphante sur le marasme des combats et des corps fumants des spectres terrassés. Sarah appuya doucement sur son tatouage et rangea le Golem dans sa poche, avant de se blottir derechef contre Albrecht, soulagée et épuisée. Il resserra sa prise sur ses épaules et releva les yeux vers le ciel.

Plus loin dans les ombres rampantes, deux silhouettes trapues se glissèrent discrètement vers l'orée du village pour regagner la nuit de leur tombeau.

Une lame sans pitié s'abattit sur leurs cous décharnés sans qu'ils puissent voir venir le choc. Les têtes se détachèrent de leur corps en une gerbe écarlate et Thomassin rangea son épée au fourreau sans même leur accorder un regard. Il ne tenait pas à ce que toute la contrée raconte qu'il laissait derrière lui un travail inachevé. Il en allait de sa réputation. Il replaça comme il le pouvait sur son épaule valide la dépouille d'Arnaud et continua sa lente progression vers la maison d'Isabeau, sous les premiers rayons bienfaisants de l'astre du jour.

Sa haute silhouette floue se découpa au bout de la chaussée de terre battue.

Albrecht plissa les paupières en direction de cette dernière et reconnut bien vite son compagnon de route.

— Thomassin ! Thomassin ! Je le savais ! hurla-t-il en se précipitant vers lui.

Le paquet sombre que son ami charriait le retint dans son élan. Il se porta à ses côtés et les larmes aux yeux, l'aida à transporter le corps d'Arnaud dans la cour de la maisonnée.

— Thomassin ! l'accueillit Sarah d'un ton où perçait le soulagement, mais… que s'est-il passé ? demanda-t-elle en découvrant le cadavre du jeune médecin de peste, ses mains tremblantes se portant vers lui.

Le chasseur releva la tête et scruta les alentours qui

portaient les stigmates de la nuit. Il avisa son pauvre visage cerné et bardé de fines griffures ainsi que les vêtements maculés de sangs d'Albrecht et de François.

— Trop de choses pour que je vous raconte tout cela comme ça, nous avons toute la journée. À ce qu'il semble, vous aussi, vous avez un récit important à me faire. Mais avant, si vous le voulez bien, portons Arnaud à l'intérieur.

Les quatre autres acquiescèrent et les hommes transportèrent la dépouille, Albrecht murmura quelques prières pour le salut de l'âme du médecin.

Une fois installés dans la chaleur de la chaumière dont le toit avait tout de même résisté, une immense chape de fatigue tomba sur eux. Ils restèrent silencieux un long instant et versèrent de nombreuses larmes muettes. Chacun tâchait de se remémorer les sinistres événements et de prendre conscience de la paix retrouvée, au prix du sacrifice d'Hannah et d'Arnaud. La douleur dans l'épaule de Thomassin se réveilla lorsqu'il essaya de bouger. Il grimaça.

— Tu es donc blessé ? lui demanda Albrecht.

— Oui, mais ce n'est rien, un os à remettre en place. N'importe quel medicus pourrait s'en charger, même Arnaud.

De vagues sourires tristes s'imprimèrent sur les faces blêmes d'épuisement à l'évocation du physicien.

— Comment est-il… commença Sarah, avant de s'arrêter tout à fait, les mots ne parvenant pas à franchir ses lèvres.

— C'était un piège, tout n'était qu'un guet-apens. Une vaste mascarade qui m'était destinée. Pour je ne sais quels mauvais desseins nourris par une créature innommable…

Il raconta alors tout, Hannah qui sortait de sa tombe, la filature à travers bois jusqu'à la grotte, la rencontre avec Conquête, la mort d'Arnaud et la résurrection d'Esmelda. Il s'en tint aux grandes lignes, la douleur de son cœur étant plus vive que celle qui irradiait depuis son omoplate.

— Conquête… *le manducator* originel est donc bien réel, murmura Albrecht, le vieil ermite avait raison.

— Ce peut-il qu'il soit si âgé qu'il le dise ? intervint François, et cette… Atlantis, a-t-elle vraiment existé ?

— Nul ne peut le dire avec certitude, soupira Albrecht, les seuls récits qui nous sont parvenus de Grèce et d'Égypte nous sont plutôt présentés comme des paraboles, des contes philosophiques… C'est incroyable.

— Je sais, approuva Thomassin, et cette créature est tout sauf digne de confiance. Pourtant, regardez la gorge d'Arnaud, je suis sûr que l'empreinte de ses crocs s'y trouve encore. Il y a ça, également.

Il se leva et fourragea péniblement dans les poches de son mantel pour tendre à Albrecht les deux volumes qu'il avait subtilisés au strige.

Le jeune moine s'en saisit et les retourna sous toutes les coutures. Il en parcourut un, couvert d'écritures sibyllines et d'illustrations toutes aussi curieuses. Sur les pages trop claires pour un ouvrage ancien, d'immenses plantes inconnues aux feuilles larges et aux racines démesurées. Des fleurs écarlates et sombres se succédaient, toutes de formes incongrues. Albrecht le referma, mal à l'aise.

— Je ne reconnais rien, ni la langue ni les enluminures… c'est très curieux. Je vais devoir faire de longues recherches, je le sens…

— Je m'en doutais, soupira Thomassin, j'ai la conviction cependant que ces ouvrages nous donneront des pistes pour traquer cette engeance et le tuer. Il possédait aussi un curieux globe en cristal, gravé de nombreux symboles et une espèce de cube empli de rouages. Il a emporté ces infernales machines avec lui, hélas. C'est pitié, Arnaud les avait examinés de plus près que moi…

— La bibliothèque de l'abbaye regorge de savoir. Nous consulterons les plus grands érudits, même ceux du Saint Empire, s'il le faut. Nous trouverons, affirma le moine.

— Je n'en attendais pas moins de toi, Albrecht.

Thomassin bâilla, il se sentait épuisé. Il s'appuya contre le mur, regarda François activer l'âtre et, perdu dans la contemplation des flammes qui montaient, il s'endormit.

Chapitre XVI
Alliance nouvelle

Deux cavaliers chevauchaient à bride abattue dans la nuit opaline qui les couvrait de son manteau. Venus d'Ammerschwihr, ils forçaient leurs chevaux dans le but d'atteindre Mittelsbach le plus vite possible. Quelques mètres avant d'atteindre le prieuré, un spectacle effrayant les coupa dans leur élan. Les montures hennirent et se cabrèrent de peur. Ils parvinrent à les calmer et se jetèrent à bas de leur selle pour contempler, se découpant dans les ombres, le grand incendie qui ravageait l'abbaye tout entière. Les flammes s'élevaient à plusieurs pieds de haut et même d'où ils étaient, ils pouvaient sentir la morsure des braises qui tournoyaient dans les airs.

— Fichtre ! s'exclama Otto, ce n'est pas précisément l'accueil que j'avais envisagé !

Son compagnon de route, qui le dépassait d'une tête et demie, tourna son visage massif vers lui.

— En effet. Je ne doute pas de ta capacité à retourner

ce contretemps à ton avantage.

— Non pas. À vrai dire, sourit le mage, cela m'arrange. Un chien sans attache suivra plus facilement la main qui le nourrit.

— Un chien, hein? releva l'autre en haussant ses lourdes épaules, je reconnais bien là ta façon de traiter tes semblables.

— Pardonne-moi, Regelswinthe, mais ce ne sont pas nos égaux. Toi et moi, nous faisons partie d'une race d'exception et c'est cela qui nous donne l'autorisation d'utiliser les gens simples pour servir nos desseins, qui sont tout de même plus élevés que ceux du serf moyen!

— C'est ta vision, cela, Otto. Pas la mienne.

Le mage ne releva pas la remarque de son comparse.

— Tu les attendras tout de même avec moi, n'est-ce pas? réclama-t-il, je te connais, tu es si curieux…

L'autre demeura impassible et reprit.

— J'ai dit que je t'accompagnais dans ton entreprise, j'irai jusqu'au bout. Me diras-tu, toutefois, pourquoi tu tiens tant à t'attacher ces personnes? Qu'as-tu donc à y gagner?

— La fille juive m'intéresse. Tu sais bien que la Confrérie préférera qu'elle soit sous notre coupe, plutôt que perdue dans la nature avec une telle puissance. Elle ne peut pas échapper à tout contrôle, ce serait bien trop dangereux. Le petit moine est un érudit, mais je sens aussi autre chose en lui, bien qu'il soit fort timide. Un petit coup de pouce pourrait lui permettre de se révéler. Un an enfermé à l'Académie, par exemple. Le médecin m'indiffère.

Quant au chasseur de spectre… je n'y peux rien, j'adore le provoquer, je le confesse! C'est un vrai régal de le voir bouillir de rage et de lui faire courber l'échine!

Les lueurs écarlates de l'incendie dessinèrent des ombres menaçantes sur son visage tandis qu'il ricanait.

— Comme tu veux, le coupa Regelswinthe, mais ne compte pas sur moi pour te défendre lorsque ce dernier t'enfoncera trois pouces de bon acier dans le ventre. Un chien battu mord parfois la main qui le nourrit.

— Je sais, mais n'aie crainte, il n'en fera rien. C'est un homme de principe.

— Ne sois pas toujours si sûr de tout. Cela te jouera des tours.

Otto sourit derechef et reporta son regard sur les hauts murs qui se consumaient dans le noir.

Sous une pluie fine et dans le silence des campagnes, les trois amis trottaient côte à côte. L'épidémie qui frappait le pays n'avait pas cessé pour autant. Rejoindre la civilisation n'effaçait pas les heures sombres et douloureuses qu'ils venaient de traverser et Thomassin songeait encore aux dernières pelletées de terre qui avaient recouvert le visage du brave médecin de peste, une pierre enfoncée dans sa gorge grande ouverte. Au moins, il ne risquait pas de revenir d'entre les morts.

Une petite expédition avait été rapidement montée

avec les paysans dans la caverne du *broucolaque*, pour n'y trouver que la source chaude et ses exhalaisons méphitiques. Conquête avait bel et bien disparu.

Sarah demeurait murée dans le silence depuis leur départ, inquiète de la suite des événements maintenant qu'ils retournaient à l'abbaye. Elle était une étrangère et de plus, une juive. Ces deux compagnons lui avaient pour l'instant conseillé de garder secret cet aspect-là de son identité. Surtout, elle nourrissait des sentiments ambigus pour un jeune acolyte, qui ne pourrait jamais lui être destiné. Elle jetait de temps à autre des regards préoccupés à Albrecht qui lui souriait, tentant de la rassurer comme il pouvait. Pourtant, lui aussi redoutait leur arrivée à Mittelsbach. Il devinait qu'il ne serait peut-être pas fait bon accueil à la jeune femme, mais c'était le seul endroit où ils pouvaient se rendre pour reprendre des forces.

Au bas d'une colline où les rangs de vigne se couvraient enfin d'une herbe grasse et tendre, ils aperçurent les contours des maisons cossues du bourg d'Ammerschwihr. Thomassin rajusta les pans de son mantel sur son bras emmailloté de linge, ils n'étaient plus très loin.

Ils franchirent les fortifications par une grande porte flanquée d'une tour de garde ronde. Les soldats postés les regardèrent avec suspicion et l'un d'entre eux se porta au-devant pour barrer la route à l'aide de sa haute hallebarde.

— Halte !

Il les interpella tout en restant à bonne distance.

— Qui êtes-vous et que venez-vous faire ici ?

Thomassin, qui avait relevé son écharpe pour dissimuler à nouveau son visage ravagé, poussa un long soupir et se redressa sur sa selle.

— Je suis Thomassin Von Knochen, émissaire de l'abbé de Mittelsbach et voici Albrecht, acolyte de ce même vicaire. Nous escortons une dame de qualité en lieu sûr.

— Fort bien, le bon jour Maistre Von Knochen, le salua-t-il soudain plein de déférence, votre réputation est venue jusqu'à moi. Mes excuses pour cet accueil un peu brusque, mais que voulez-vous, en ces temps troublés, nous devons nous montrer plus que vigilants. Vous vous en retournez à Mittelsbach, dites-vous… sauf votre respect, vous êtes partis depuis longtemps ?

Le chasseur releva un sourcil inquisiteur. Le garde dansait d'un pied sur l'autre et son collègue sous la guérite de pierre qui le protégeait des intempéries, ne faisait pas mine de venir se mêler de la conversation.

— Je dirais quelques semaines, un mois, tout au plus. Pourquoi une telle question ?

— Alors, vous ne savez pas. L'abbaye a été la proie d'un gigantesque incendie voilà trois jours. Tout est parti en fumée. Il n'en reste que des cendres. Aucun survivant… hélas.

Thomassin grimaça sous son écharpe et Albrecht faillit chuter du haut de sa mule. Mittelsbach, détruite ? Ils devaient en avoir le cœur net.

Les trois cavaliers piquèrent leurs montures sans autres commentaires et s'en furent au galop.

Lorsqu'ils atteignirent le prieuré quelques instants plus tard, la pluie avait cessé et un pâle rayon de soleil crevait les nuages gris. Les ruines de la puissante abbaye étaient encore fumantes, les murs noircis de suie, à demi effondrés, témoignaient de la violence du feu qui s'était déchaînée. Il ne restait plus du cloître, de la chapelle et des dortoirs qu'un amas de décombres, de poutres calcinées et d'objets réduits en cendres. Albrecht mit pied à terre et courut vers les gravats, les larmes ruisselant sur ses joues.

— Non, non ! ce n'est pas vrai ! Ce n'est pas possible !

Il tomba à genou, arrachant des mottes de terre au sol comme si cela pouvait changer quelque chose. Une seconde fois, il était orphelin. Toute sa vie s'était construite autour de l'abbaye, depuis sa tendre enfance. Il n'avait connu que les hauts murs protecteurs, dont il se sentait souvent prisonnier, mais qu'il était si heureux de retrouver après chaque mission avec Thomassin. Elle représentait pour lui un havre de paix et de savoir. Les moines étaient la seule et unique famille qu'il n'ait jamais eue. Le prieuré, sa seule et unique maison. L'abbé, son seul et unique père.

Sarah le rejoignit et le serra contre elle. Si quelqu'un

comprenait sa perte, c'était bien elle. Elle songea qu'un lien nouveau les unissait à présent, mais elle aurait préféré qu'il en soit autrement.

Thomassin battait le sol du bout de sa chausse et scrutait les alentours pour voir s'il trouvait quelque chose à sauver. Rien. Il ne se souvenait pas d'avoir déjà contemplé pareille désolation. Tout avait été réduit à néant, comme si un cataclysme aussi soudain que puissant s'était abattu sur l'abbaye sans que personne, ni Dieu ni homme, ne puisse rien y faire. Au détour d'un pan de mur écroulé, il avisa des cadavres calcinés se découpant sur le jour gris, tordus et noircis par la fureur de l'incendie. Il se détourna et fouilla encore les décombres du regard. Sous les imposants vestiges de la charpente, il aperçut un corps moins abîmé et s'approcha. Il parvint, en pesant sur une énorme lambourde de tout son poids, à dégager son crâne défoncé par la chute du faîte. Le moine était méconnaissable, mais il repéra sans peine, à la base de son cou violacé, deux trous emplis de cruor brunâtre et séché. Il recula tout de suite et le sang quitta son visage en reconnaissant l'infâme sceau de Conquête. Il revint à la hâte vers les deux jeunes gens accroupis dans les herbes.

Son cœur se serra devant les sanglots désespérés d'Albrecht et il n'eut pas le courage de lui faire part de sa découverte. Pas maintenant.

Il soupira. Il avait beau détester le père abbé, ce dernier avait toujours été pour eux un phare dans les heures sombres de leur vie, un abri vers lequel rentrer. Il n'était plus désormais.

Le martèlement de sabots sur la terre humide les fit se retourner. Deux cavaliers arrivaient dans leur direction. Le premier s'arrêta et sauta à bas de son cheval tandis que le second, massif comme un ours, restait en retrait. Il fut sur eux en quelques enjambées et la mâchoire de Thomassin se crispa en reconnaissant le visage aux yeux acérés d'Otto.

— Que faites-vous ici? cracha-t-il furieusement à la face du mage.

— Eh bien, ma foi, j'ai accouru dès que j'ai su que vous quittiez Herzee-le-haut. Certains de mes amis à Ammerschwihr ont eu la délicatesse de m'indiquer votre arrivée.

— Vos amis, hein? Vous ont-ils aussi informé de la perte de l'abbaye? éructa le chasseur, la voix vibrante de colère contenue.

— Oui, en effet… mais ce triste événement était déjà presque terminé lorsque nous avons atteint Kaysersberg, avant-hier.

Thomassin sentit que l'homme lui mentait. Il se retint de ne pas lui enfoncer son poing dans l'estomac, mais avisa la carrure impressionnante du second cavalier. Ce dernier demeurait en selle, sans esquisser le moindre mouvement. Il observait la scène d'un air détaché, comme si tout ceci ne le concernait pas. Le chasseur distingua cependant ses riches vêtements, au col bordé de fourrure de loup et surtout l'énorme annel d'or fin, aux armes du Saint Empire, dont la pierre bleue scintillait sous la lumière changeante. Encore un mage.

— Cela ne me dit toujours pas ce que vous êtes venu faire à Mittelsbach ! continua-t-il, retenant sa rage avec peine, voir si nous étions en un seul morceau, après nous avoir lâchement abandonnés aux mains d'un revenant millénaire ?

Sarah et Albrecht s'étaient péniblement relevés et s'approchaient de Thomassin, ameutés par les cris. Démunis et épuisés de tristesse, ils se rangèrent derrière lui.

— J'ai plus ou moins su, poursuivit le sorcier, c'est pourquoi j'ai accouru ici dans l'espoir de vous trouver. J'avais une proposition à vous formuler. Enfin, une proposition... Vous vous souvenez que vous m'êtes toujours redevables, n'est-ce pas ?

Thomassin sentit le courroux le submerger. La fourberie d'Otto était sans limites. Profiter de ce moment de dénuement pour leur rappeler leur dette était le propre d'un manipulateur sans pitié. La réputation des magiciens au service du Saint Empire n'était pas usurpée.

— Et puis... ce n'est pas comme si vous étiez sans protecteur et sans ressources, désormais. Je vous offre asile et argent, en échange des talents multiples de votre petite compagnie ! Il manque, hélas, le physicien, mais ce n'est pas si grave, après tout. Nous en possédons d'excellents.

— C'est donc là ce que sont les êtres humains pour vous ? De simples pions interchangeables, sans autre valeur que la capacité à vous servir ? le coupa Thomassin.

— Me servir moi, déclara l'autre, c'est servir les desseins de l'Empire, et cela reste un honneur pour un homme tel que vous. Alors, qu'en dites-vous ? N'est-ce point là une proposition généreuse ? Une fois de plus, le Saint Empire et votre bon Otto viennent à votre secours ! Accompagnez-moi donc à Fribourg, où demeure la confrérie, mettez vos forces en commun avec les nôtres. Je suppose que vous n'allez pas laisser le meurtre de votre ami impuni. Nous chasserons et débusquerons ce revenant, vous verrez. Nous disposons de nombreuses ressources. Des ressources insoupçonnées…

Un sourire carnassier se dessina sur ses lèvres et il caressa sa courte barbe noirâtre.

— En effet, grogna Thomassin, je me demande bien ce que vous y gagnez.

Les yeux du mage étincelèrent d'un éclat énigmatique et il darda son regard sur Sarah.

— Pas grand-chose, simplement l'assurance que les talents de vos jeunes acolytes serviront une juste cause, celle du Saint Empire en premier lieu, celle de la Confrérie, ensuite. Et bien entendu que vous, vous nous soyez d'une loyauté sans faille.

Thomassin sentit le piège se refermer sur lui. Servir ces mages et toute leur clique de nobles le révulsait. Son regard glissa sur le visage las de Sarah et sur celui, ravagé de larmes, d'Albrecht. Comment pourrait-il garantir leur sécurité à présent que l'abbaye était partie en fumée ? Il disposait de quelque argent, mais pas suffisamment pour entretenir deux jeunes gens en pleine santé. Otto avait de plus raison sur un point, seul le Saint Empire pouvait offrir à ces deux enfants une éducation à la hauteur de leurs aptitudes. Ce constat lui tordit le ventre.

— Si j'accepte, capitula Thomassin, vous devez me jurer sur la tête du grand Karl qu'aucun mal ne leur sera fait.

Les yeux de Sarah et Albrecht s'arrondirent de surprise et ils secouèrent vivement leurs chefs en signe de dénégation.

— Enfin, Von Knochen, quelle piètre opinion vous avez de nous ! Ces jeunes gens seront sous notre haute protection, la mienne comme la vôtre, je puis vous assurer que rien ne leur arrivera.

— Piètre est bien le mot…

Il contempla les ruines calcinées de l'abbaye qui jonchait la terre fraîche et humide, ferma les paupières un instant. Puis, ravalant sa fierté, il tendit fermement à Otto son avant-bras bardé de cuir, que ce dernier saisit sans se départir de son sourire.

— C'est entendu. Mais je vous préviens, si un seul cheveu de ces enfants vient à manquer, je vous tue.

Un air de défi dans le regard, les deux hommes serrèrent la poigne de l'autre, scellant ainsi leur nouvelle alliance.

FIN

Mot De L'Autrice
Adiu !

Tout est parti, comme souvent, d'un étrange récit…

En 1323/1324, une femme de la ville d'Alès vient demander de l'aide au couvent des dominicains. Son mari, un certain Gui de Corvo, décédé, hante sa maison, fait entendre sa voix et la terrifie toutes les nuits. N'écoutant que son courage, le prieur, Jean Gobi, suit la pauvre femme jusque chez elle et entreprend d'entamer le dialogue avec l'esprit frappeur, très bavard sur sa condition de spectre (le compte rendu détaillé et traduit est disponible aux *Belles Lettres*).

Cette affaire, qui est demeurée dans les annales avec quelques autres comme le spectre de Beaucaire (XIIIe siècle), n'a pas manqué de m'interpeller. Elle est riche d'enseignement concernant les croyances du Moyen Âge sur l'au-delà.

Spectres, esprits frappeurs, revenants, vampires… Autant de créatures et d'esprits malfaisants qui peuplent l'imaginaire, les légendes, mais aussi les chroniques, accompagnant l'Homme depuis des millénaires dans les ombres de l'Histoire. Je ne pouvais pas passer à côté de cette manne incroyablement propice à l'imaginaire.

C'est ainsi qu'est née l'idée de sortir de mes récits habituels pour conter cette histoire qui mêle réalité historique et fantasy. Le contexte de la toute première grande épidémie de peste noire de 1347/1354 m'est tout de suite apparu comme idéal : un pays décimé par la maladie, une méfiance accrue envers les étrangers et les personnes différentes, la peur partout présente, constituent la toile de fond du récit que vous venez de découvrir. J'espère que cela vous a plu et que vous suivrez la suite des aventures de ce cher Thomassin prochainement.

C'est l'heure de remercier tous ceux qui ont participé, de près comme de loin, à l'écriture de cet ouvrage.

Tout d'abord mon époux, Emmanuel, qui, par sa présence discrète mais rassurante, me laisse travailler tranquillement et m'accompagne toujours dans mes aventures rocambolesques.

Mon alpha lecteur ensuite, Stéphan, qui me suis depuis le tout début et s'enthousiasme à chacun de mes projets. Ma team de bêta-lectrices : Sienna, bien entendu, toujours fidèle au poste pour chacun de mes romans. Je ne te dirai jamais assez merci. Pour ce tout nouveau genre, j'ai eu la chance d'avoir une équipe variée et habituée des récits de l'imaginaire puisqu'elles sont toutes des autrices autoéditées de talent. Lucille, May, Simonne… merci encore pour tous vos commentaires, vos remarques pertinentes et vos encouragements. Se lancer dans un genre nouveau n'est jamais évident et votre soutien à toutes les quatre m'a permis de persévérer malgré les doutes.

Merci à Danièle, correctrice de ce volume, merci pour ce travail patient et méticuleux !

Merci à la team d'autrices et d'auteurs qui œuvre sur les divers groupes Discord dont je suis membre et dont le soutien m'aide bien souvent à surmonter le fameux syndrome de l'imposteur !

Merci enfin à Jennifer, créatrice et réalisatrice de cette superbe couverture et de l'illustration, qui a su parfaitement traduire mes demandes nombreuses et parfois peu réalistes !

Merci à vous, lectrices et lecteurs, que ce soit votre premier roman de ma main ou que vous soyez une ou un fidèle, mes succès dépendent de vous, merci de votre confiance et à bientôt, pour de nouvelles aventures médiévales !

L'Autrice

Autrice de romans historiques se déroulant à la période médiévale, je souhaite d'offrir aux lecteurs/ices spirituel (le) s et engagé(es) qui ont besoin d'évasion, mais qui aiment aussi apprendre, des romans historiques et de fantasy médiévale. Ils vous transporteront au-delà des limites du temps et de l'espace, dans une autre époque, ou les sentiments et les émotions sont pourtant proches de ceux que nous connaissons.

Cathares, templiers, nobles, inquisiteurs, chasseurs, guérisseuses et chevaliers se côtoient se mêlent et se livrent des luttes sans merci pour le pouvoir et pour l'amour, au cœur de l'occident médiéval.

Les aventures d'Amaury de Villiers, une trilogie historique.

Absolution, les aventures d'Amaury de Villiers, tome 1

Le temps des Assassins, les aventures d'Amaury de Villiers, tome 2

<u>Les Mirages de Terre Sainte-Explora éditions</u>
(préquel des aventures d'Amaury de Villiers)

<u>La geste de messire Gautier de Périlleux et autres</u>
<u>nouvelles</u>